GRöLS Verlage

„Bücher sind wie Fallschirme. Sie nützen uns nichts, wenn wir sie nicht öffnen."

Gröls Verlag

Redaktionelle Hinweise und Impressum

Das vorliegende Werk wurde zugunsten der Authentizität sehr zurückhaltend bearbeitet. So wurden etwa ursprüngliche Rechtschreibfehler regelmäßig *nicht* behoben, denn kleine Unvollkommenheiten machen das Buch – wie im Übrigen den Menschen – erst authentisch. Mitunter wurden jedoch zum Beispiel Absätze behutsam neu getrennt, um den Lesefluss zu erleichtern.

Um die Texte zu rekonstruieren, werden antiquarische Bücher von Lesegeräten gescannt und dann durch eine Software lesbar gemacht. Der so entstandene Text wird von Menschen gegengelesen und korrigiert – hierbei treten auch Fehler auf. Wenn Sie ebenfalls antiquarische Texte einreichen möchten, finden Sie weitere Informationen auf www.groels.de

Viel Freude bei der Lektüre wünscht Ihnen das Team des Gröls-Verlags.

Adressen

Verleger: Hermann-Josef Gröls,

Im Borngrund 26, 61440 Oberursel

Externer Dienstleister für Distribution & Herstellung:

BoD, In de Tarpen 42, 22848 Norderstedt

Unsere „Edition | Werke der Weltliteratur“ hat den Anspruch, eine der größten und vollständigsten Sammlungen klassischer Literatur in deutscher Sprache zu werden. Nach und nach versammeln wir hier nicht nur die „üblichen Verdächtigen“ von Goethe bis Schiller, sondern auch Kleinode der vergangenen Jahrhunderte, die – zu Unrecht – drohen, in Vergessenheit zu geraten. Wir kultivieren und kuratieren damit einen der wertvollsten Bereiche der abendländischen Kultur. Kleine Auswahl:

Francis Bacon • Neues Organon • **Balzac** • Glanz und Elend der Kurtisanen • **Joachim H. Campe** • Robinson der Jüngere • **Dante Alighieri** • Die Göttliche Komödie • **Daniel Defoe** • Robinson Crusoe • **Charles Dickens** • Oliver Twist • **Denis Diderot** • Jacques der Fatalist • **Fjodor Dostojewski** • Schuld und Sühne • **Arthur Conan Doyle** • Der Hund von Baskerville • **Marie von Ebner-Eschenbach** • Das Gemeindekind • **Elisabeth von Österreich** • Das Poetische Tagebuch • **Friedrich Engels** • Die Lage der arbeitenden Klasse • **Ludwig Feuerbach** • Das Wesen des Christentums • **Johann G. Fichte** • Reden an die deutsche Nation • **Fitzgerald** • Zärtlich ist die Nacht • **Flaubert** • Madame Bovary • **Gorch Fock** • Seefahrt ist not! • **Theodor Fontane** • Effi Briest • **Robert Musil** • Über die Dummheit • **Edgar Wallace** • Der Frosch mit der Maske • **Jakob Wassermann** • Der Fall Maurizius • **Oscar Wilde** • Das Bildnis des Dorian Grey • **Émile Zola** • Germinal • **Stefan Zweig** • Schachnovelle • **Hugo von Hofmannsthal** • Der Tor und der Tod • **Anton Tschechow** • Ein Heiratsantrag • **Arthur Schnitzler** • Reigen • **Friedrich Schiller** • Kabale und Liebe • **Nicolo Machiavelli** • Der Fürst • **Gotthold E. Lessing** • Nathan der Weise • **Augustinus** • Die Bekenntnisse des heiligen Augustinus • **Marcus Aurelius** • Selbstbetrachtungen • **Charles Baudelaire** • Die Blumen des Bösen • **Harriett Stowe** • Onkel Toms Hütte • **Walter Benjamin** • Deutsche Menschen • **Hugo Bettauer** • Die Stadt ohne Juden • **Lewis Caroll** • *und viele mehr….*

Goethes Wahlverwandtschaften

Walter Benjamin

Jula Cohn gewidmet

I

„Wer blind wählet, dem schlägt Opferdampf in die Augen.“
Klopstock

Die vorliegende Literatur über Dichtungen legt es nahe, Ausführlichkeit in dergleichen Untersuchungen mehr auf Rechnung eines philologischen als eines kritischen Interesses zu setzen. Leicht könnte daher die folgende, auch im einzelnen eingehende Darlegung der Wahlverwandtschaften über die Absicht irre führen, in der sie gegeben wird. Sie könnte als Kommentar erscheinen; gemeint jedoch ist sie als Kritik. Die Kritik sucht den Wahrheitsgehalt eines Kunstwerks, der Kommentar seinen Sachgehalt. Das Verhältnis der beiden bestimmt jenes Grundgesetz des Schrifttums, demzufolge der Wahrheitsgehalt eines Werkes, je bedeutender es ist, desto unscheinbarer und inniger an seinen Sachgehalt gebunden ist. Wenn sich demnach als die dauernden gerade jene Werke erweisen, deren Wahrheit am tiefsten ihrem Sachgehalt eingesenkt ist, so stehen im Verlaufe dieser Dauer die Realien dem Betrachtenden im Werk desto deutlicher vor Augen, je mehr sie in der Welt absterben. Damit aber tritt der Erscheinung nach Sachgehalt und Wahrheitsgehalt, in der Frühzeit des Werkes geeint, auseinander mit seiner Dauer, weil der letzte immer gleich verborgen sich hält, wenn der erste hervordringt. Mehr und mehr wird für jeden späteren Kritiker die Deutung des Auffallenden und Befremdenden, des Sachgehaltes, demnach zur Vorbedingung. Man darf ihn mit dem Paläographen vor einem Pergamente vergleichen, dessen verblichener Text überdeckt wird von den Zügen einer kräftigern Schrift, die auf ihn sich bezieht. Wie der Paläograph mit dem Lesen der letztern beginnen müßte, so der Kritiker mit dem Kommentieren. Und mit einem Schlag entspringt ihm daraus ein unschätzbares Kriterium seines Urteils: nun erst kann er die kritische Grundfrage stellen, ob der Schein des Wahrheitsgehaltes dem Sachgehalt oder das Leben des Sachgehaltes dem Wahrheitsgehalt zu verdanken sei. Denn indem sie im Werk auseinandertreten, entscheiden sie über seine Unsterblichkeit. In diesem Sinne bereitet die Geschichte der Werke ihre Kritik vor und daher vermehrt die historische Distanz deren Gewalt. Will man, um eines Gleichnisses willen, das wachsende Werk als den flammenden Scheiterhaufen ansehn, so steht davor der Kommentator wie der Chemiker, der Kritiker gleich dem Alchimisten. Wo jenem Holz und Asche allein die Gegenstände seiner Analyse bleiben, bewahrt für diesen nur die Flamme selbst ein Rätsel: das des Lebendigen. So fragt der Kritiker nach der Wahrheit, deren lebendige Flamme fortbrennt über den schweren Scheitern des Gewesenen und der leichten Asche des Erlebten.

Dem Dichter wie dem Publikum seiner Zeit wird sich nicht zwar das Dasein, wohl aber die Bedeutung der Realien im Werke zumeist verbergen. Weil aber nur von ihrem Grunde das Ewige des Werkes sich abhebt, umfaßt jede zeitgenössische Kritik, so hoch sie auch stehen mag, in ihm mehr die bewegende als die ruhende Wahrheit, mehr das zeitliche Wirken als das ewige Sein. Doch wie wertvoll immer Realien für die Deutung des Werkes sein mögen – kaum braucht es gesagt zu werden, daß das Goethesche Schaffen nicht wie das eines Pindar sich betrachten läßt. Vielmehr war gewiß nie eine Zeit, der mehr als Goethes der Gedanke fremd gewesen ist, daß die wesentlichsten Inhalte des Daseins in der Dingwelt sich auszuprägen, ja ohne solche Ausprägung sich nicht zu erfüllen vermögen. Kants kritisches Werk und Basedows Elementarwerk, das eine dem Sinn, das andere der Anschauung der damaligen Erfahrung gewidmet, geben auf sehr verschiedene, doch gleichermaßen bündige Weise Zeugnis von der Armseligkeit ihrer Sachgehalte. In diesem bestimmenden Zuge der deutschen – wenn nicht der gesamteuropäischen – Aufklärung darf eine unerläßliche Vorbedingung des

Kantischen Lebenswerks einerseits, des Goetheschen Schaffens andererseits erblickt werden. Denn genau um die Zeit, da Kants Werk vollendet und die Wegekarte durch den kahlen Wald des Wirklichen entworfen war, begann das Goethesche Suchen nach den Samen ewigen Wachstums. Es kam jener Richtung des Klassizismus, welche weniger das Ethische und Historische zu erfassen suchte als das Mythische und Philologische. Nicht auf die werdenden Ideen, sondern auf die geformten Gehalte, wie sie Leben und Sprache verwahrten, ging ihr Denken. Nach Herder und Schiller nahmen Goethe und Wilhelm von Humboldt die Führung. Wenn der erneuerte Sachgehalt, der in Goethes Altersdichtungen vorlag, seinen Zeitgenossen entging, wo er nicht wie im Divan sich betonte, so kam dies, ganz im Gegensatz zur entsprechenden Erscheinung im antiken Leben, daher, daß selbst das Suchen nach einem solchen denselben fremd war.

Wie klar in den erhabensten Geistern der Aufklärung die Ahnung des Gehalts oder die Einsicht in die Sache war, wie unfähig dennoch selbst sie, zur Anschauung des Sachgehalts sich zu erheben, wird angesichts der Ehe zwingend deutlich. An ihr als einer der strengsten und sachlichsten Ausprägungen menschlichen Lebensgehalts bekundet zugleich am frühesten, in den Goetheschen Wahlverwandtschaften, sich des Dichters neue, auf synthetische Anschauung der Sachgehalte hingewendete Betrachtung. Kants Definition der Ehe aus der

„Metaphysik der Sitten", deren einzig als Exempel rigoroser Schablone oder als Kuriosum der senilen Spätzeit hin und wieder gedacht wird, ist das erhabenste Produkt einer ratio, welche, unbestechlich treu sich selber, in den Sachverhalt unendlich tiefer eindringt, als gefühlvolles Vernünfteln tut. Zwar bleibt der Sachgehalt selbst, welcher allein philosophischer Anschauung – genauer: philosophischer Erfahrung – sich ergibt, beiden verschlossen, aber wo das eine ins Bodenlose führt, trifft die andere genau auf den Grund, wo die wahre Erkenntnis sich bildet. Sie erklärt demnach die Ehe als „die Verbindung zweier Personen verschiedenen Geschlechts zum lebenswierigen wechselseitigen Besitz ihrer Geschlechtseigenschaften. – Der Zweck Kinder zu erzeugen und zu erziehen mag immer ein Zweck der Natur sein, zu welchem sie die Neigung der Geschlechter gegen einander einpflanzte; aber daß der Mensch, der sich verehelicht, diesen Zweck sich vorsetzen müsse, wird zur Rechtmäßigkeit dieser seiner Verbindung nicht erfordert; denn sonst würde, wenn das Kinderzeugen aufhört, die Ehe sich zugleich von selbst auflösen". Freilich war es der ungeheuerste Irrtum des Philosophen, daß er meinte, aus dieser Definition, die er von der Natur der Ehe gab, ihre sittliche Möglichkeit, ja Notwendigkeit durch Ableitung darlegen und dergestalt ihre rechtliche Wirklichkeit bestätigen zu können. Ableitbar aus der sachlichen Natur der Ehe wäre ersichtlich nur ihre

Verworfenheit – und darauf läuft es bei Kant unversehens hinaus. Allein das ist ja das Entscheidende, daß niemals ableitbar ihr Gehalt sich zur Sache verhält, sondern daß er als das Siegel erfaßt werden muß, das sie darstellt. Wie die Form eines Siegels unableitbar ist aus dem Stoff des Wachses, unableitbar aus dem Zweck des Verschlusses, unableitbar sogar aus dem Petschaft, wo konkav ist, was dort konvex, wie es erfaßbar erst demjenigen ist, der jemals die Erfahrung des Siegelns hatte und evident erst dem, der den Namen kennt, den die Initialen nur andeuten, so ist abzuleiten der Gehalt der Sache weder aus der Einsicht in ihren Bestand, noch durch die Erkundung ihrer Bestimmung, noch selbst aus der Ahnung des Gehalts, sondern erfaßbar allein in der philosophischen Erfahrung ihrer göttlichen Prägung, evident allein der seligen Anschauung des göttlichen Namens. Dergestalt fällt zuletzt die vollendete Einsicht in den Sachgehalt der beständigen Dinge mit derjenigen in ihren Wahrheitsgehalt zusammen. Der Wahrheitsgehalt erweist sieh als solcher des Sachgehalts. Dennoch ist ihre Unterscheidung – und mit ihr die von Kommentar und von Kritik der Werke – nicht müßig, sofern Unmittelbarkeit zu erstreben nirgends verworrener als hier, wo das Studium der Sache und ihrer Bestimmung wie die Ahnung ihres Gehalts einer jeden Erfahrung vorherzugehen haben. In solcher sachlichen Bestimmung der Ehe ist Kants Thesis vollendet und im Bewußtsein ihrer Ahnungslosigkeit erhaben.

Oder vergißt man, über seine Sätze belustigt, was ihnen vorhergeht? Der Beginn jenes Paragraphen lautet: „Geschlechtsgemeinschaft (commercium sexuale) ist der wechselseitige Gebrauch, den ein Mensch von eines andern Geschlechtsorganen und -vermögen macht (usus membrorum et facultatum sexualium alterius), und entweder ein natürlicher (wodurch seinesgleichen erzeugt werden kann) oder unnatürlicher Gebrauch und dieser entweder an einer Person ebendesselben Geschlechts oder einem Tier von einer anderen als der Menschengattung". So Kant. Hält man diesem Abschnitt der „Metaphysik der Sitten" Mozarts Zauberflöte zur Seite, so scheinen die extremsten und zugleich die tiefsten Anschauungen sich darzustellen, die das Zeitalter von der Ehe besaß. Denn die Zauberflöte hat, soweit überhaupt einer Oper das möglich ist, gerade die eheliche Liebe zu ihrem Thema. Dies scheint selbst Cohen, mit dessen später Schrift über Mozarts Operntexte sich die beiden genannten Werke in einem so würdigen Geiste begegnen, nicht durchaus erkannt zu haben. Weniger das Sehnen der Liebenden als die Standhaftigkeit der Gatten ist der Inhalt der Oper. Es ist nicht nur, einander zu gewinnen, daß sie Feuer und Wasser durchschreiten sollen, sondern um auf immer vereinigt zu bleiben. Hier ist, so sehr der Geist der Freimaurerei alle sachlichen Bindungen auflösen mußte, die Ahnung des Gehalts zum reinsten Ausdruck im Gefühl der Treue gekommen.

Ist wirklich Goethe in den Wahlverwandtschaften dem Sachgehalt der Ehe näher als Kant und Mozart? Leugnen müßte man es schlechtweg, wollte man ernsthaft, im Gefolge der ganzen Goethephilologie, Mittlers Worte darüber für solche des Dichters nehmen. Nichts erlaubt diese Annahme, allzuvieles erklärt sie. Suchte doch der schwindelnde Blick einen Anhalt in dieser Welt, die wie in Strudeln kreisend versinkt. Da waren nur die Worte des verkniffenen Polterers, die man froh war nehmen zu können wie man sie fand. „Wer mir den Ehstand angreift, rief er aus, wer mir durch Wort, ja durch Tat diesen Grund aller sittlichen Gesellschaft untergräbt, der hat es mit mir zu tun; oder wenn ich sein nicht Herr werden kann, habe ich nichts mit ihm zu tun. Die Ehe ist der Anfang und der Gipfel aller Kultur. Sie macht den Rohen mild, und der Gebildetste hat keine bessere Gelegenheit, seine Milde zu beweisen. Unauflöslich muß sie sein, denn sie bringt so vieles Glück, daß alles einzelne Unglück dagegen gar nicht zu rechnen ist. Und was will man von Unglück reden? Ungeduld ist es, die den Menschen von Zeit zu Zeit anfällt, und dann beliebter, sich unglücklich zu finden. Lasse man den Augenblick vorübergehen, und man wird sich glücklich preisen, daß ein so lange Bestandnes noch besteht. Sich zu trennen, gibt's gar keinen hinlänglichen Grund. Der menschliche Zustand ist so hoch in Leiden und Freuden gesetzt, daß gar nicht berechnet werden kann, was ein Paar

Gatten einander schuldig werden. Es ist eine unendliche Schuld, die nur durch die Ewigkeit abgetragen werden kann. Unbequem mag es manchmal sein, das glaub ich wohl, und das ist eben recht. Sind wir nicht auch mit dem Gewissen verheiratet, das wir oft gerne los sein möchten, weil es unbequemer ist, als uns je ein Mann oder eine Frau werden könnte?“ Hier hätte nun selbst denen, die den Pferdefuß des Sittenstrengen nicht sahen, zu denken geben müssen, daß nicht einmal Goethe, der oft skrupellos genug sich erwiesen hat, wenn es galt, den Bedenklichen heimzuleuchten, auf die Worte Mittlers zu deuten verfallen ist. Vielmehr ist es höchst bezeichnend, daß jene Philosophie der Ehe einer zum besten gibt, der ehelos selber lebend als der tiefststehende unter allen Männern des Kreises erscheint. Wo irgend bei wichtigen Anlässen er seiner Rede den Lauf läßt, ist sie fehl am Ort, sei es bei der Taufe des Neugeborenen, sei es beim letzten Weilen der Ottilie mit den Freunden. Und wird dort das Abgeschmackte in ihr hinreichend an den Wirkungen fühlbar, so hat nach seiner berühmten Apologie der Ehe Goethe geschlossen: „So sprach er lebhaft und hätte wohl noch lange fortgesprochen“. Unbeschränkt läßt sich in der Tat solche Rede verfolgen, die, um mit Kant zu sprechen, ein „ekelhafter Mischmasch“ ist, „zusammengestoppelt“ aus haltlosen humanitären Maximen und trüben, trügerischen Rechtsinstinkten. Niemandem sollte das Unreine darin entgehen, jene Gleichgültigkeit gegen die

Wahrheit im Leben der Gatten. Alles läuft auf den Anspruch der Satzung hinaus. Doch hat in Wahrheit die Ehe niemals im Recht die Rechtfertigung, das wäre als Institution, sondern einzig als ein Ausdruck für das Bestehen der Liebe, die ihn von Natur im Tode eher suchte als im Leben. Dem Dichter jedoch blieb in diesem Werk die Ausprägung der Rechtsnorm unerläßlich. Wollte er doch nicht, wie Mittler, die Ehe begründen, vielmehr jene Kräfte zeigen, welche im Verfall aus ihr hervorgehn. Dieses aber sind freilich die mythischen Gewalten des Rechts und die Ehe ist in ihnen nur Vollstreckung eines Unterganges, den sie nicht verhängt. Denn nur darum ist ihre Auflösung verderblich, weil nicht höchste Mächte sie erwirken. Und allein in diesem aufgestörten Unheil liegt das unentrinnbar Grauenvolle des Vollzugs. Damit aber rührte Goethe in der Tat an den sachlichen Gehalt der Ehe. Denn wenn auch unverbildet diesen darzutun in seinem Sinne nicht lag, so bleibt die Einsicht in das untergehende Verhältnis gewaltig genug. Im Untergange erst wird es das rechtliche als das Mittler es hochhält. Goethen aber fiel es, wiewohl er von dem moralischen Bestande dieser Bindung eine reine Einsicht gewiß nie gewonnen, doch nicht bei, die Ehe im Eherecht zu begründen. Es ist die Moralität der Ehe für ihn im tiefsten und verschwiegenen Grunde am wenigsten zweifelsfrei gewesen. Was er im Gegensatz zu ihr an der Lebensform des Grafen und der Baronesse darzulegen wünscht, ist das Unmoralische nicht so sehr als das Nichtige. Dies eben bezeugt sich darin, daß sie weder der sittlichen Natur ihres gegenwärtigen Verhältnisses sich bewußt sind, noch der rechtlichen derjenigen, aus denen sie getreten sind. – Der Gegenstand der Wahlverwandtschaften ist nicht die Ehe. Nirgends wären ihre sittlichen Gewalten darin zu suchen. Von Anfang an sind sie im Verschwinden, wie der Strand unter Wassern zur Flutzeit. Kein sittliches Problem ist hier die Ehe und auch kein soziales. Sie ist keine bürgerliche Lebensform. In ihrer Auflösung wird alles Humane zur Erscheinung und das Mythische verbleibt allein als Wesen.

Dem widerspricht freilich der Augenschein. Nach ihm ist eine höhere Geistigkeit in keiner Ehe denkbar als in der, wo selber der Verfall es nicht vermag, die Sitte der Betroffenen zu mindern. Aber im Bereich der Gesittung ist das Edle an ein Verhältnis der Person zur Äußerung gebunden. Es steht, wo nicht die edle Äußerung jener gemäß, der Adel in Frage. Und dieses Gesetz, dessen Geltung man freilich unbeschränkt nicht ohne großen Irrtum nennen dürfte, erstreckt sich über den Bereich der Gesittung hinaus. Gibt es ohne Frage Äußerungsbereiche, deren Inhalte unangesehen dessen gelten, der sie ausprägt, ja sind dies die höchsten, so bleibt jene bindende Bedingung unverbrüchlich für das Gebiet der Freiheit im weitesten Sinne. Ihm gehört die individuelle Ausprägung des Schicklichen, ihm die individuelle Ausprägung des Geistes an: alles dasjenige, was Bildung genannt wird. Die bekunden die Vertrauten vor allem. Ist das wahrhaft ihrer Lage gemäß? Weniger Zögern möchte Freiheit, weniger Schweigen möchte Klarheit, weniger Nachsicht die Entscheidung bringen. So wahrt Bildung ihren Wert nur da, wo ihr freisteht, daß sie sich bekunde. Dies erweist auch sonst die Handlung deutlich.

Ihre Träger sind, als gebildete Menschen, fast frei vom Aberglauben. Wenn er bei Eduard hin und wieder hervortritt, so anfangs nur in der liebenswerteren Form eines Hangens an den glücklichen Vorzeichen, während einzig der banalere Charakter Mittlers, trotz dem selbstgenügsamen Gebaren, Spuren jener eigentlich abergläubischen Angst vor den bösen Omen erblicken läßt. Ihn als einzigen hält nicht die fromme sondern abergläubische Scheu davor zurück, Friedhofsgrund wie anderen zu betreten, indessen den Freunden weder dort zu lustwandeln anstößig, noch zu schalten verboten scheint. Ohne Bedenken, ja ohne Rücksicht werden die Grabsteine an der Kirchenmauer aufgereiht und der geebnete Grund, den ein Fußpfad durchzieht, bleibt zur Kleesaat dem Geistlichen überlassen. Keine bündigere Lösung vom Herkommen ist denkbar, als die von den Gräbern der Ahnen vollzogene, die im Sinne nicht nur des Mythos sondern der Religion den Boden unter den Füßen der Lebenden gründen. Wohin führt ihre Freiheit die Handelnden? Weit entfernt, neue Einsichten zu erschließen, macht sie sie blind gegen dasjenige, was Wirkliches dem Gefürchteten einwohnt. Und dies daher, weil sie ihnen ungemäß ist. Nur die strenge Bindung an ein Ritual, die Aberglaube einzig heißen darf, wo sie ihrem Zusammenhange entrissen rudimentär überdauert, kann jenen Menschen Halt gegen die Natur versprechen, in der sie leben. Geladen, wie nur mythische Natur es ist, mit übermenschlichen Kräften, tritt sie drohend ins Spiel. Wessen Macht, wenn nicht ihre, ruft den Geistlichen hinab, welcher auf dem Totenacker seinen Klee baute? Wer, wenn nicht sie, stellt den verschönten Schauplatz in ein fahles Licht? Denn ein solches durchwaltet – eigentlicher oder umschriebener verstanden – die ganze Landschaft. An keiner Stelle erscheint sie im Sonnenlicht. Und niemals, soviel auch vom Gute gesprochen wird, ist von seinen Saaten die Rede oder von ländlichen Geschäften, die nicht der Zierde, sondern dem Unterhalt dienten. Die einzige Andeutung derart – Aussicht auf die Weinlese – führt vom Schauplatz der Handlung fort auf das Gut der Baronin. Desto deutlicher spricht die magnetische Kraft des Erdinnern. Von ihr hat in der Farbenlehre – um dieselbe Zeit möglicherweise – Goethe gesagt, daß die Natur dem Aufmerksamen „nirgends tot noch stumm; ja dem starren Erdkörper hat sie einen Vertrauten zugegeben, ein Metall, an dessen kleinsten Teilen wir dasjenige, was in der ganzen Masse vorgeht, gewahr werden sollten". Mit dieser Kraft haben Goethes Menschen Gemeinschaft und im Spiel mit dem Unten gefallen sie sich wie in ihrem Spiel mit dem Oben. Und doch, was sind zuletzt ihre unermüdlichen Anstalten zu dessen Verschönerung anderes als der Wandel von Kulissen einer tragischen Szene. So manifestiert sich ironisch eine verborgene Macht in dem Dasein der Landedelleute.

Ihren Ausdruck trägt wie das Tellurische so das Gewässer. Nirgends verleugnet der See seine unheilvolle Natur unter der toten Fläche des Spiegels. Von dem „dämonisch-schauerlichen Schicksal, das um den Lustsee waltet“, spricht bezeichnend eine ältere Kritik. Das Wasser als das chaotische Element des Lebens droht hier nicht in wüstem Wogen, das dem Menschen den Untergang bringt, sondern in der rätselhaften Stille, die ihn zu Grunde gehn läßt. Die Liebenden gehen, soweit Schicksal waltet, zu Grunde. Sie verfallen, wo sie den Segen des festen Grundes verschmähen, dem Unergründlichen, das im stehenden Gewässer vorweltlich erscheint. Buchstäblich sieht man dessen alte Macht sie beschwören. Denn zuletzt läuft jene Vereinigung der Wasser, wie sie schrittweis festem Lande Abbruch tut, auf die Wiederherstellung des einstigen Bergsees hinaus, der sich in der Gegend befand. In alledem ist die Natur es selbst, die unter Menschenhänden übermenschlich sich regt. In der Tat: sogar der Wind, „der den Kahn nach den Platanen treibt“, „erhebt sich“ – wie der Rezensent der „Kirchenzeitung“ höhnisch mutmaßt – „wahrscheinlich auf Befehl der Sterne“.

Die Menschen selber müssen die Naturgewalt bekunden. Denn sie sind ihr nirgends entwachsen. Ihnen gegenüber macht dies die besondere Begründung jener allgemeinern Erkenntnis aus, nach welcher die Gestalten keiner Dichtung je der sittlichen Beurteilung unterworfen sein können. Und zwar nicht, weil sie, wie die von Menschen, alle Menscheneinsicht überstiege. Vielmehr untersagen bereits die Grundlagen solcher Beurteilung deren Beziehung auf Gestalten unwidersprechlich. Die Moralphilosophie hat es stringent zu erweisen, daß die erdichtete Person immer zu arm und zu reich ist, sittlichem Urteil zu unterstehen. Vollziehbar ist es nur an Menschen. Von ihnen unterscheidet die Gestalten des Romans, daß sie völlig der Natur verhaftet sind. Und nicht sittlich über sie zu befinden, sondern das Geschehn moralisch zu erfassen, ist geboten. Töricht bleibt, wie Solger, später auch Bielschowsky es getan, ein verschwommenes sittliches Geschmacksurteil, das sich nie hervorwagen dürfte, da an Tag zu legen, wo es noch am ersten den Beifall erhaschen kann. Die Figur des Eduard tut es niemand zu Dank. Aber wieviel tiefer als jene sieht Cohen, dem es – nach den Darlegungen seiner „Ästhetik“ – sinnlos gilt, Eduards Erscheinung in dem Ganzen des Romans zu isolieren. Dessen Unzuverlässigkeit, ja Roheit ist der Ausdruck flüchtiger Verzweiflung in einem verlorenen Leben. Er erscheint „in der ganzen Disposition dieser Verbindung genau so, wie er sich selbst“ Charlotten gegenüber „bezeichnet: >Denn eigentlich hänge ich doch nur von Dir ab<. Er ist der Spielball, nicht zwar für die Launen, die Charlotte überhaupt nicht hat, aber für das Endziel der Wahlverwandtschaften, auf das ihre zentrale Natur mit ihrem festen Schwerpunkt aus allen Schwankungen heraus hinstrebt". Von Anfang an stehen die Gestalten unter dem Banne von Wahlverwandtschaften. Aber ihre wundersamen Regungen begründen, nach Goethes tiefer, ahnungsvoller Anschauung, nicht ein inniggeistiges Zusammenstimmen der Wesen, sondern einzig die besondere Harmonie der tiefern natürlichen Schichten. Diese nämlich sind mit der leisen Verfehltheit gemeint, die jenen Fügungen ohne Ausnahme anhaftet. Wohl paßt Ottilie sich Eduards Flötenspiel an, aber es ist falsch. Wohl duldet Eduard lesend bei Ottilie, was er Charlotten verwehrte, aber es ist eine Unsitte. Wohl fühlt er sich wunderbar von ihr unterhalten, aber sie schweigt. Wohl leiden selbst die beiden gemeinsam, aber es ist nur ein Kopfschmerz. Nicht natürlich sind diese Gestalten, denn Naturkinder sind – in einem fabelhaften oder wirklichen Naturzustande – Menschen. Sie jedoch unterstehen auf der Höhe der Bildung den Kräften, welche jene als bewältigt ausgibt, ob sie auch stets sich machtlos erweisen mag, sie niederzuhalten. Für das Schickliche ließen, sie ihnen Gefühl, für das Sittliche haben sie es verloren. Nicht ein Urteil über ihr Handeln ist hier gemeint, sondern eines über ihre Sprache. Denn fühlend doch taub, sehend doch stumm gehen sie ihren Weg. Taub gegen Gott und stumm gegen die Welt. Rechenschaft mißlingt ihnen nicht durch ihr Handeln sondern durch ihr Sein. Sie verstummen.

Nichts bindet den Menschen so sehr an die Sprache wie sein Name. Kaum in irgend einer Literatur wird es eine Erzählung vom Umfang der Wahlverwandtschaften geben, in der so wenige Namen sich finden. Diese Kargheit der Namengebung ist einer Deutung außer jener landläufigen fähig, die da auf die Goethesche Neigung zu typischem Gestalten verweist. Sie gehört vielmehr innigst zum Wesen einer Ordnung, deren Glieder unter einem namenlosen Gesetze dahinleben, einem Verhängnis, das ihre Welt mit dem matten Licht der Sonnenfinsternis erfüllt. Alle Namen, bis auf den des Mittler, sind bloße Taufnamen. In diesem ist keine Spielerei, mithin keine Anspielung des Dichters zu sehen, sondern eine Wendung, die das Wesen des Trägers unvergleichlich sicher bezeichnet. Er hat als ein Mann zu gelten, dessen Selbstliebe keine Abstraktion von den Andeutungen gestattet, die ihm in seinem Namen gegeben scheinen und der ihn damit entwürdigt. Sechs Namen finden sich außer dem seinen in der Erzählung: Eduard, Otto, Ottilie, Charlotte, Luciane und Nanny. Von diesen ist aber der erste gleichsam unecht. Er ist willkürlich, seines Klanges wegen gewählt worden, ein Zug, in dem durchaus eine Analogie zum Versetzen der Grabsteine erblickt werden darf. Auch schließt sich eine Vorbedeutung an den Doppelnamen, denn es sind seine Initialen E und O, die eins der Gläser aus des Grafen Jugendzeit zum Pfande seines Liebesglücks bestimmen.

Nie ist die Fülle vorverkündender und paralleler Züge im Roman den Kritikern entgangen. Sie gilt als nächstgelegner Ausdruck seiner Art schon längst für genugsam gewürdigt. Dennoch scheint – von seiner Deutung völlig abgesehen – wie tief er das gesamte Werk durchdringt, nie voll erfaßt. Erst wenn dies aufgehellt im Blickfeld steht wird klar, daß weder ein bizarrer Hang des Autors, noch gar bloße Spannungssteigerung darinnen liegt. Dann erst tritt auch genauer an den Tag, was diese Züge allermeist enthalten. Es ist eine Todessymbolik. „Daß es zu bösen Häusern hinaus gehn muß, sieht man ja gleich im Anfang" heißt es mit einer seltsamen Redewendung bei Goethe. (Sie ist möglicherweise astrologischen Urprungs; das Grimmsche Wörterbuch kennt sie nicht.) Bei anderer Gelegenheit hat der Dichter auf das Gefühl der „Bangigkeit" hingewiesen, das mit dem moralischen Verfall in den Wahlverwandtschaften beim Leser sich einfinden soll. Auch daß Goethe Gewicht darauf legte, „wie rasch und unaufhaltsam er die Katastrophe herbeigeführt" wird berichtet. In den verborgensten Zügen ist das ganze Werk von jener Symbolik durchwebt. Ihre Sprache aber nimmt allein das Gefühl, dem sie vertraut ist, mühelos in sich auf, wo der gegenständlichen Auffassung des Lesers nur erlesene Schönheiten sich bieten. An wenigen Stellen hat Goethe auch ihr einen Hinweis gegeben und dies sind im Ganzen die einzigen geblieben, die bemerkt wurden. Sie schließen sich alle an die Episode vom kristallnen Becher an, der, zum Zerschellen bestimmt, im Wurfe aufgefangen und erhalten wird. Es ist das Bauopfer, das bei der Einweihung des Hauses zurückgewiesen wird, das Ottiliens Sterbehaus ist. Aber auch hier wahrt Goethe das verborgene Verfahren, da er aus dem freudigen Überschwang die Gebärde herleitet, welche dieses Zeremonial vollzieht. Deutlicher ist eine Gräbermahnung in den freimaurerisch gestimmten Worten der Grundsteinlegung enthalten: „Es ist ein ernstes Geschäft und unsere Einladung ist ernsthaft: denn diese Feierlichkeit wird in der Tiefe begangen. Hier innerhalb dieses engen ausgegrabenen Raumes erweisen sie uns die Ehre, als Zeugen unsers geheimnisvollen Geschäftes zu erscheinen." Aus der freudig begrüßten Erhaltung des Bechers geht das große Motiv der Verblendung hervor. Gerade dieses Zeichen des verschmähten Opfers sucht mit allen Mitteln Eduard sich zu sichern. Um hohen Preis bringt er es nach dem Feste an sich. Sehr mit Grund heißt es in einer alten Besprechung: „Aber seltsam und schauerlich! Wie die nicht beachteten Vorbedeutungen alle eintreffen, so wird diese eine beachtete trügerisch befunden." Und an solchen unbeachteten fehlt es in der Tat nicht. Die drei ersten Kapitel des zweiten Teils sind ganz erfüllt von Zurüstungen und Gesprächen um das Grab. Merkwürdig ist im Verlaufe der letzteren die frivole, ja banale

Deutung des de mortius nihil nisi bene. „Ich hörte fragen, warum man von den Toten so unbewunden Gutes sage, von den Lebenden immer mit einer gewissen Vorsicht. Es wurde geantwortet: weil wir von jenen nichts zu befürchten haben und diese uns noch irgendwo in den Weg kommen könnten." Wie scheint auch hier ironisch sich ein Schicksal zu verraten, durch das die Redende, Charlotte, es erfährt, wie strenge ihr zwei Verstorbene den Weg vertreten. Tage, die auf den Tod vordeuten, sind die drei, auf welche das Geburtstagsfest der Freunde fällt. Wie die Grundsteinlegung an Charlottens, so muß auch das Richtfest an Ottiliens Geburtstag unter unglücklichen Zeichen sich vollziehen. Dem Wohnhaus ist kein Segen verheißen. Friedlich aber weiht an Eduards Geburtstag seine Freundin das vollführte Grabhaus. Ganz eigen wird gegen ihr Verhältnis zur entstehenden Kapelle, deren Bestimmung freilich noch unausgesprochen ist, das der Luciane zu dem Grabmal des Mausolos gestellt. Mächtig bewegt den Erbauer Ottiliens Wesen, unvermögend bleibt Lucianens Bemühen bei verwandtem Anlaß seinen Anteil zu wecken. Dabei ist das Spiel am Tage und der Ernst geheim. Solche verborgene doch entdeckt darum nur um so schlagendere Gleichheit liegt auch in dem Motiv der Kästchen vor. Dem Geschenk an Ottilie, das den Stoff ihres Totengewandes enthält, entspricht des Architekten Behältnis mit den Funden aus Vorzeitgräbern. Von „Handelsleuten und

Modehändlern“ ist das eine erstanden, von dem andern heißt es, daß sein Inhalt durch die Anordnung „etwas Putzhaftes“ annahm, daß „man mit Vergnügen darauf, wie auf die Kästchen eines Modehändlers hinblickte“.

Auch das dergestalt einander Entsprechende – im Genannten immer Todessymbole – ist nicht leichthin, wie es R. M. Meyer versucht, durch die Typik Goethescher Gestaltung zu erklären. Vielmehr ist erst dann die Betrachtung am Ziel, wenn sie als schicksalhaft jene Typik erkennt. Denn die „ewige Wiederkunft alles Gleichen“, wie es vor dem innerlichst verschiednen Fühlen starr sich durchsetzt, ist das Zeichen des Schicksals, mag es nun im Leben vieler sich gleichen oder in dem Einzelner sich wiederholen. Zweimal bietet Eduard dem Geschick sein Opfer an: im Kelch das erste Mal, danach – wenn auch nicht mehr willig – im eignen Leben. Diesen Zusammenhang erkennt er selbst. „Ein Glas mit unserm Namenszug bezeichnet, bei der Grundsteinlegung in die Lüfte geworfen, ging nicht zu Trümmern; es ward aufgefangen und ist wieder in meinen Händen. So will ich mich denn selbst, rief ich mir zu, als ich an diesem einsamen Ort so viel zweifelhafte Stunden verlebt hatte, mich selbst will ich an die Stelle des Glases zum Zeichen machen, ob unsere Verbindung möglich sei oder nicht. Ich gehe hin und suche den Tod, nicht als ein Rasender, sondern als einer der zu leben hofft.“ Auch in der Zeichnung des Krieges, in den er sich wirft, hat man jene Neigung zum Typus als

Kunstprinzip wiedergefunden. Aber selbst hier ließe sich fragen, ob nicht auch deswegen diesen Goethe so allgemein behandelt hat, weil der verhaßte gegen Napoleon ihm vorschwebte. Wie dem auch sei: nicht ein Kunstprinzip allein, sondern ein Motiv des schicksalhaften Seins vor allem ist in jener Typik zu erfassen. Diese schicksalhafte Art des Daseins, die in einem einzigen Zusammenhang von Schuld und Sühne lebende Naturen umschließt, hat der Dichter durch das Werk hin entfaltet. Sie aber ist nicht, wie Gundolf meint, der des Pflanzendaseins zu vergleichen. Kein genauerer Gegensatz zu ihr ist denkbar. Nein, nicht „nach Analogie des Verhältnisses von Keim, Blüte und Frucht ist auch Goethes Gesetzesbegriff, sein Schicksal- und Charakterbegriff in den Wahlverwandtschaften zu denken". Goethes so wenig wie irgend ein anderer, der stichhaltig wäre. Denn Schicksal (ein anderes ist es mit dem Charakter) betrifft das Leben unschuldiger Pflanzen nicht. Nichts ist diesem ferner. Unaufhaltsam dagegen entfaltet es sich im verschuldeten Leben. Schicksal ist der Schuldzusammenhang von Lebendigem. So hat es Zelter in diesem Werke berührt, wenn er, die „Mitschuldigen" damit vergleichend, von dem Lustspiel bemerkt: „doch ist es eben darum von keiner angenehmen Wirkung, weil es vor jede Tür tritt, weil es die Guten mittrifft, und so habe ich es mit den Wahlverwandtschaften verglichen, wo auch die Besten was zu verheimlichen haben und sich selber anklagen müssen nicht auf dem rechten Weg zu sein." Sichrer kann das Schicksalhafte nicht bezeichnet werden. Und so erscheint es in den Wahlverwandtschaften: als die Schuld, die am Leben sich forterbt. „Charlotte wird von einem Sohne entbunden. Das Kind ist aus der Lüge geboren. Zum Zeichen dessen trägt es die Züge des Hauptmanns und Ottiliens. Es ist als Geschöpf der Lüge zum Tode verurteilt. Denn nur die Wahrheit ist wesenhaft. Die Schuld an seinem Tode muß auf die fallen, die ihre Schuld an seiner innerlich unwahren Existenz nicht durch Selbstüberwindung gesühnt haben. Das sind Ottilie und Eduard. – So ungefähr wird das naturphilosophisch – ethische Schema gelautet haben, das Goethe sich für die Schlußkapitel entwarf." Soviel ist an dieser Vermutung Bielschowskys unumstößlich: daß es ganz der Schicksalsordnung entspricht, wenn das Kind, das neugeboren in sie eintritt, nicht die alte Zerrissenheit entsühnt, sondern deren Schuld ererbend vergehen muß. Nicht von sittlicher ist hier die Rede – wie könnte das Kind sie erwerben – sondern von natürlicher, in die Menschen nicht durch Entschluß und Handlung, sondern durch Säumen und Feiern geraten. Wenn sie, nicht des Menschlichen achtend, der Naturmacht verfallen, dann zieht das natürliche Leben, das im Menschen sich die Unschuld nicht länger bewahrt als es an ein höheres sich bindet, dieses hinab. Mit dem Schwinden des übernatürlichen Lebens im Menschen wird sein natürliches Schuld, ohne daß es im Handeln gegen die Sittlichkeit fehle. Denn nun steht es in dem Verband des bloßen Lebens, der am Menschen als Schuld sich bekundet. Dem Unglück, das sie über ihn heraufbeschwört, entgeht er nicht. Wie jede Regung in ihm neue Schuld, wird jede seiner Taten Unheil auf ihn ziehen. Dies nimmt in jenem alten Märchenstoff vom Überlästigen der Dichter auf, in dem der Glückliche, der allzu reichlich gibt, das Fatum unauflöslich an sich fesselt. Auch dies das Gebaren des Verblendeten.

Ist der Mensch auf diese Stufe gesunken, so gewinnt selbst Leben scheinbar toter Dinge Macht. Sehr mit Recht hat Gundolf auf die Bedeutung des Dinghaften im Geschehen hingewiesen. Ist doch ein Kriterium der mythischen Welt jene Einbeziehung sämtlicher Sachen ins Leben. Unter ihnen war von jeher die erste das Haus. So rückt hier im Maße wie das Haus vollendet wird das Schicksal nah. Grundsteinlegung, Richtfest und Bewohnung bezeichnen ebensoviele Stufen des Unterganges. Einsam, ohne Blick auf Siedelungen liegt das Haus, und fast unausgestattet wird es bezogen,. Auf seinem Altan erscheint, indes sie abwesend ist, Charlotte, in weißem Kleide, der Freundin. Auch der Mühle im schattigen Waldgrund ist zu gedenken, wo zum ersten Male die Freunde sich im Freien versammelt haben. Die Mühle ist ein altes Symbol der Unterwelt. Mag sein, daß es aus der auflösenden und verwandelnden Natur des Mahlens sich herschreibt.

Notwendig müssen in diesem Kreis die Gewalten obsiegen, die im Zerfallen der Ehe an Tag treten. Denn es sind eben jene des Schicksals. Die Ehe scheint ein Geschick, mächtiger als die Wahl, der die Liebenden nachhängen. „Ausdauern soll man da, wo uns mehr das Geschick als die Wahl hingestellt. Bei einem Volke, einer Stadt, einem Fürsten, einem Freunde, einem Weibe festhalten, darauf Alles beziehen, deshalb Alles wirken, Alles entbehren und dulden, das wird geschätzt". So faßt Goethe in dem Aufsatz über Winckelmann den in Rede stehenden Gegensatz. Vom Geschick her ermessen ist jede Wahl „blind" und führt blindlings ins Unheil. Ihr steht mächtig genug die verletzte Satzung entgegen, um zur Sühne der gestörten Ehe das Opfer zu fordern. Unter der mythischen Urform des Opfers also erfüllt sich die Todessymbolik in diesem Geschick. Dazu vorbestimmt ist Ottilie. Als eine Versöhnerin „steht Ottilie da in dem herrlichen" (lebenden) „Bilde; sie ist die Schmerzensreiche, die Betrübte, der das Schwert durch die Seele dringt" sagt Abeken in der vom Dichter so bewunderten Besprechung. Ähnlich Solgers gleich gemächlicher und von Goethe gleich geachteter Versuch. „Sie ist ja das wahre Kind der Natur und ihr Opfer zugleich." Beiden Rezensenten mußte doch der Gehalt des Vorgangs völlig entgehen, weil sie nicht vom Ganzen der Darstellung sondern von dem Wesen der Heldin ausgingen. Nur im ersten Falle gibt sich das Verscheiden der Ottilie unverkennbar als

Opferhandlung. Daß ihr Tod – wenn nicht im Sinn des Dichters so gewiß in dem entschiedeneren seines Werks – ein mythisches Opfer ist, erweist ein Doppeltes zur Evidenz. Zunächst: es ist dem Sinn der Romanform nicht allein entgegen, den Entschluß, aus dem Ottiliens tiefstes Wesen wie sonst nirgends spräche, ganz in Dunkelheit zu hüllen, nein, auch dem Ton der Dichtung scheint es fremd, wie unvermittelt, fast brutal sein Werk an den Tag tritt. Sodann: was jene Dunkelheit verbirgt, geht deutlich doch aus allem Übrigen hervor – die Möglichkeit, ja die Notwendigkeit des Opfers nach den tiefsten Intentionen dieses Romans. Also nicht allein als „Opfer des Geschicks“ fällt Ottilie – geschweige, daß sie wahrhaft selbst „sich opfert“ – sondern unerbittlicher, genauer, als das Opfer zur Entsühnung der Schuldigen. Die Sühne nämlich ist im Sinne der mythischen Welt, die der Dichter beschwört, seit jeher der Tod der Unschuldigen. Daher stirbt Ottilie, wundertätige Gebeine hinterlassend, trotz ihres Freitods als Märtyrerin.

Nirgends ist zwar das Mythische der höchste Sachgehalt, überall aber ein strenger Hinweis auf diesen. Als solchen hat es Goethe zur Grundlage seines Romans gemacht. Das Mythische ist der Sachgehalt dieses Buches: als ein mythisches Schattenspiel in Kostümen des Goetheschen Zeitalters erscheint sein Inhalt. Es liegt nahe, an eine so befremdende Auffassung dasjenige zu halten, was Goethe über sein Werk gedacht hat. Nicht als ob mit des Dichters Äußerungen der Kritik ihre Bahn vorgezeichnet sein müßte; doch je mehr sie sich von diesen entfernt, desto weniger wird sie der Aufgabe sich entziehen wollen, auch sie aus den gleichen verborgenen Ressorts wie das Werk zu verstehen. Das einzige Prinzip für ein solches Verständnis freilich kann darin nicht liegen. Biographisches nämlich, das in Kommentar und Kritik gar nicht eingeht, hat hier seine Stelle. Goethes Auslassungen über diese Dichtung sind mitbestimmt durch das Streben, zeitgenössischen Urteilen zu begegnen. Daher wäre ein Blick auf diese angezeigt, auch wenn nicht ein viel näheres Interesse, als dieser Hinweis es bezeichnet, die Betrachtung an sie weisen würde. Unter den Stimmen der Zeitgenossen wiegen wenig diejenigen – meist anonymer Beurteiler – die das Werk mit der konventionellen Achtung begrüßen, die schon damals jedem Goetheschen geschuldet wurde. Wichtig sind die ausgeprägten Sätze, wie sie unterm Namen einzelner hervorragender Berichterstatter erhalten sind. Sie sind darum nicht untypisch. Vielmehr gab es gerade unter ihren Schreibern am ersten solche, die das auszusprechen wagten, was Geringere nur aus Achtung vor dem Dichter nicht bekennen wollten. Dieser hat nichtsdestoweniger die Gesinnung seines Publikums gefühlt und aus bittrer, unverfälschter Rückerinnerung gemahnt er 1827 Zeltern, daß es, wie er sich wohl erinnern werde, gegen seine Wahlverwandtschaften sich „wie gegen das Kleid des

Nessus gebärdet“ habe. Kopfscheu, dumpf, wie geschlagen stand es vor einem Werke, in dem es nur die Hilfe aus den Wirrnissen des eignen Lebens suchen zu sollen meinte, ohne selbstlos in das Wesen eines fremden sich versenken zu wollen. Hierfür ist das Urteil in Frau von Staëls „De l'Allemagne“ repräsentativ. Es lautet: „On ne saurait nier qu'il n'y ait dans ce livre ... une profonde connaissance du coeur humain, mais une connaissance decourageante; la vie y est representee comme une chose assez indifferente, de quelque maniere qu'on la passe; triste quand on l'approfondit, assez agreable quand on l'esquive, susceptible de maladies morales qu'il faut guerir si l'on peut, et dont il faut mourir si l'on n'en peut guerir.“ Nachdrücklicher scheint etwas Ähnliches mit Wielands lakonischer Wendung bezeichnet zu sein – sie ist einem Brief entnommen, dessen Adressatin unbekannt ist –: „ich gestehe Ihnen, meine Freundin, daß ich dieses wirklich schauerliche Werk nicht ohne warmen Anteil zu nehmen gelesen habe.“ Die sachlichen Motive einer Ablehnung, die dem gemäßigten Befremden kaum bewußt sein mochten, treten kraß in dem Verdikt der kirchlichen Partei zutage. Den begabteren Fanatikern in ihr konnten die offenkundigen paganischen Tendenzen in dem Werke nicht entgehen. Denn wiewohl der Dichter jenen finstern Mächten alles Glück der Liebenden zum Opfer gab, vermißte ein untrüglicher Instinkt das Göttlich-Transzendente des Vollzugs. Konnte doch ihr Untergang in diesem Dasein nicht genügen – was verbürgte, daß sie in einem höheren nicht triumphierten? Ja schien nicht eben dies Goethe in den Schlußworten andeuten zu wollen? Eine „Himmelfahrt der bösen Lust“ nennt daher F. H. Jacobi den Roman. In seiner evangelischen Kirchenzeitung gab Hengstenberg noch ein Jahr vor Goethes Tode wohl die breiteste Kritik von allen. Seine aufgestachelte Empfindung, welcher keinerlei Esprit zu Hilfe kommt, bot ein Muster hämischer Polemik dar. Weit jedoch bleibt dies alles hinter Werner zurück. Zacharias Werner, dem im Augenblick seiner Bekehrung am wenigsten der Spürsinn für die düstern Ritualtendenzen dieses Ablaufs fehlen konnte, sandte an Goethe – gleichzeitig mit der Nachricht von dieser – sein Sonett „Die Wahlverwandtschaften“ – eine Prosa, der in Brief und Gedicht noch nach hundert Jahren der Expressionismus nichts Arrivierteres an die Seite zu setzen hätte. Spät genug merkte Goethe, woran er war und ließ dieses denkwürdige Schreiben den Schluß des Briefwechsels bilden. Das beiliegende Sonett lautet:

Die Wahlverwandtschaften

Vorbei an Gräbern und an Leichensteinen
Die schön vermummt die sichre Beut' erwarten
Hin schlängelt sich der Weg nach Edens Garten
Wo Jordan sich und Acheron vereinen.

Erbaut auf Triebsand will getürmt erscheinen
Jerusalem; allein die gräßlich zarten
Meernixe, die sechstausend Jahr schon harrten.
Lechzen im See, durch Opfer sich zu reinen.

Da kommt ein heilig freches Kind gegangen,
Des Heiles Engel trägts, den Sohn der Sünden.
Der See schlingt alles! Weh uns! – Es war Scherz!

Will Helios die Erde denn entzünden?
Er glüht ja nur sie liebend zu umfangen!
Du darfst den Halbgott lieben. zitternd Herz!

Eins scheint gerade aus dergleichen tollem, würdelosen Lob und Tadel zu erhellen: daß der mythische Gehalt des Werkes den Zeitgenossen Goethes nicht der Einsicht, aber dem Gefühl nach gegenwärtig war. Dem ist heute anders, da die hundertjährige Tradition ihr Werk vollzogen und die Möglichkeit ursprünglicher Erkenntnis fast verschüttet hat. Wird doch, wenn ein Werk von Goethe heute seinen Leser fremd anmutet oder feindlich, bald benommenes Schweigen sich dessen bemächtigen und den wahren Eindruck ersticken. – Mit unverhohlener Freude begrüßte Goethe die beiden, die solchem Urteil entgegen, wenn auch schwächlich, sich hören ließen. Solger war der eine, Abeken der andere. Was die wohlmeinenden Worte des Letzteren betrifft, so ruhte Goethe nicht eher, bis die Form einer Kritik ihnen verliehen war, in der sie an sichtbarer Stelle erschienen. Denn in ihnen fand er das Humane betont, das die Dichtung so planvoll zur Schau stellt. Niemandem scheint es mehr den Blick auf den Grundgehalt getrübt zu haben, als Wilhelm von Humboldt: „Schicksal und innere Notwendigkeit vermisse ich vor allen Dingen darin „ urteilt er seltsam genug.

Dem Streit der Meinungen nicht schweigend zufolgen, hatte Goethe einen doppelten Anlaß. Er hatte sein Werk zu verteidigen – das war der eine. Er hatte dessen Geheimnis zu wahren – das war der andere. Beide wirken zusammen, um seiner Erklärung einen ganz anderen Charakter zu geben als jenen der Deutung. Sie hat einen apologetischen und mystifizierenden Zug, welche sich treffiich in ihrem Hauptstück vereinigen. Man könnte es die Fabel von der Entsagung nennen. An ihr fand Goethe den gegebenen Halt, dem Wissen tiefem Zugang zu versagen. Zugleich war sie auch als Erwiderung auf so manchen philiströsen Angriff zu verwenden. So hat sie Goethe in dem Gespräch verlautbart. das durch Riemers Überlieferung fürder das traditionelle Bild von dem Roman bestimmte. Dort sagt er: der Kampf des Sittlichen mit der Neigung ist „hinter die Szene verlegt und man sieht, daß er vorgegangen sein müsse. Die Menschen betragen sich wie vornehme Leute, die bei allem innern Zwiespalt doch das äußere Decorum behaupten. – Der Kampf des Sittlichen eignet sich niemals zu einer ästhetischen Darstellung. Denn entweder siegt das Sittliche oder es wird überwunden. Im ersteren Falle weiß man nicht, was und warum es dargestellt worden; im andern ist es schmählich. das mit anzusehen; denn am Ende muß doch irgendein Moment dem Sinnlichen das Übergewicht über das Sittliche geben, und eben dieses Moment gibt der Zuschauer gerade nicht zu, sondern verlangt ein noch schlagenderes, das der Dritte immer wieder eludiert, je sittlicher er selbst ist. – In solchen Darstellungen muß stets das Sinnliche Herr werden; aber bestraft durch das Schicksal, d. h. durch die sittliche Natur, die sich durch den Tod ihre Freiheit salviert. – So muß der Werther sich erschießen, nachdem er die Sinnlichkeit Herr über sich werden lassen. So muß Ottilie χαϱτεϱieren und Eduard desgleichen, nachdem sie ihrer Neigung freien Lauf gelassen. Nun feiert erst das Sittliche seinen Triumph.“ Auf diese zweideutigen Sätze wie auch sonst auf jeden Drakonismus, den er im Gespräch hierüber zu betonen liebte, mochte Goethe pochen, da dem rechtlichen Vergehen in der Verletzung der Ehe, der mythischen Verschuldung, ihre Sühne mit dem Untergang der Helden so reichlich verliehen war. Nur daß dies in Wahrheit nicht Sühne aus der Verletzung, sondern Erlösung aus der Verstrickung der Ehe war. Nur daß allen jenen Worten zum Trotz zwischen Pflicht und Neigung ein Kampf weder sichtbar noch heimlich sich abspielt. Nur daß niemals triumphierend hier das Sittliche, sondern einzig und allein im Unterliegen lebt. So liegt der moralische Gehalt dieses Werkes in viel tiefern Schichten als es Goethes Worte vermuten lassen. Ihre Ausflüchte sind weder möglich noch nötig. Denn nicht allein unzulänglich sind seine Erörterungen in ihrem Gegensatz zwischen Sinnlichem und Sittlichem, sondern offenkundig unhaltbar in ihrer Ausschließung des innern ethischen Kampfes als eines Gegenstandes dichterischen Bildens. Was bliebe anders wohl vom Drama, vom Roman selbst übrig? Wie aber auch moralisch der Gehalt dieser Dichtung sich fassen lasse – ein fabula docet enthält sie nicht und in der matten Mahnung zur Entsagung, mit welcher die gelehrige Kritik seit jeher ihre Abgründe und Gipfel nivellierte, ist sie von fern nicht berührt. Zudem ist von Mézières bereits mit Recht auf die epikuräische Tendenz, die Goethe dieser Haltung leiht, verwiesen worden. Daher trifft viel tiefer das Geständnis aus dem „Briefwechsel mit einem Kinde", und nur widerstrebend läßt man von der Wahrscheinlichkeit sich überzeugen, daß Bettina, der dieser Roman in vieler Hinsicht fern stand, es erdichtet hat. Dort steht, er habe sich „hier die Aufgabe gemacht, in diesem einen erfundenen Geschick wie in einer Grabesurne die Tränen für manches Versäumte zu sammeln". Man nennt aber das, dem man entsagte, nicht Versäumtes. So ist denn wohl nicht Entsagung in so manch einem Verhältnis seines Lebens das erste in Goethe gewesen sondern die Versäumnis. Und als er die Unwiederbringlichkeit des Versäumten, die Unwiederbringlichkeit aus Versäumnis erkannte, da erst mag ihm die Entsagung sich ergeben haben und ist nur der letzte Versuch, Verlorenes im Gefühl noch zu umfangen. Das mag auch Minna Herzlieb gegolten haben.

Das Verständnis der Wahlverwandtschaften aus des Dichters eigenen Worten darüber erschließen zu wollen, ist vergebene Mühe. Gerade sie sind ja dazu bestimmt, der Kritik den Zugang zu verlegen. Dafür aber ist der letzte Grund nicht die Neigung Torheit abzuwehren. Vielmehr liegt er eben in dem Streben, alles jenes unvermerkt zu lassen, was des Dichters eigene Erklärung verleugnet. Der Technik des Romans einerseits, dem Kreise der Motive andererseits war ihr Geheimnis zu wahren. Der Bereich poetischer Technik bildet die Grenze zwischen einer oberen, freiliegenden und einer tieferen, verborgenen Schichtung der Werke. Was der Dichter als seine Technik bewußt hat, was auch schon der zeitgenössischen Kritik grundsätzlich erkennbar als solche, berührt zwar die Realien im Sachgehalt, bildet aber die Grenze gegen ihren Wahrheitsgehalt, der weder dem Dichter noch der Kritik seiner Tage restlos bewußt sein kann. In der Technik, welche – zum Unterschied von der Form – nicht durch den Wahrheitsgehalt, sondern durch die Sachgehalte allein entscheidend bestimmt wird, sind diese notwendig bemerkbar. Denn dem Dichter ist die Darstellung der Sachgehalte das Rätsel, dessen Lösung er in der Technik zu suchen hat. So konnte Goethe sich durch die Technik der Betonung der mythischen Mächte in seinem Werke versichern. Welche letzte Bedeutung sie haben, mußte ihm wie dem Zeitgeist entgehn. Diese Technik aber suchte der Dichter als sein Kunstgeheimnis zu hüten. Hierauf scheint es anzuspielen, wenn er sagt, er habe den Roman nach einer Idee gearbeitet. Diese darf als technische begriffen werden. Anders wäre kaum der Zusatz verständlich, der den Wert von solchem Vorgehn in Frage stellt. Sehr wohl aber ist begreiflich, daß dem Dichter die unendliche Subtilität, die die Fülle der Beziehung in dem Buch verbarg, einmal zweifelhaft erscheinen konnte. „Ich hoffe, Sie sollen meine alte Art und Weise darin finden. Ich habe viel hineingelegt, manches hineinversteckt. Möge auch Ihnen dies offenbare Geheimnis zur Freude gereichen." So schreibt Goethe an Zelter. Im gleichen Sinne pocht er auf den Satz, daß in dem Werke mehr enthalten sei „als irgend jemand bei einmaligem Lesen aufzunehmen imstande wäre". Deutlicher als alles spricht aber die Vernichtung der Entwürfe. Denn es möchte schwerlich Zufall sein, daß von diesen nicht einmal ein Bruchstück aufbehalten blieb. Vielmehr hat der Dichter offenbar ganz vorsätzlich alles dasjenige zerstört, was die durchaus konstruktive Technik des Werkes gezeigt hätte. – Ist das Dasein der Sachgehalte dergestalt versteckt, so verbirgt ihr Wesen sich selbst. Alle mythische Bedeutung sucht

Geheimnis. Daher konnte gerade von diesem Werk Goethe selbstgewiß sagen, das Gedichtete behaupte sein Recht wie das Geschehene. Solches Recht wird hier in der Tat, in dem sarkastischen Sinne des Satzes, nicht der Dichtung sondern dem Gedichteten verdankt – der mythischen Stoffschicht des Werkes. In diesem Bewußtsein durfte Goethe unnahbar, zwar nicht über, jedoch in seinem Werke verharren, gemäß den Worten, welche Humboldts kritische Sätze beschließen: „Ihm aber darf man so etwas nicht sagen. Er hat keine Freiheit über seine eigenen Sachen und wird stumm, wenn man im Mindesten tadelt."

So steht Goethe im Alter aller Kritik gegenüber: als Olympier. Nicht im Sinne des leeren epitheton ornans oder schön erscheinender Gestalt, den die Neuern ihm geben. Dieses Wort – Jean Paul wird es zugeschrieben – bezeichnet die dunkle, in sich selbst versunkene, mythische Natur, die in sprachloser Starre dem Goetheschen Künstlertum innewohnt. Als Olympier hat er den Grundbau des Werkes gelegt und mit kargen Worten das Gewölbe geschlossen.

In dessen Dämmerung trifft der Blick auf das, was am verborgensten in Goethe ruht. Solche Züge und Zusammenhänge, die im Lichte der alltäglichen Betrachtung sich nicht zeigen, werden klar. Und wiederum ist es allein durch sie, wenn mehr und mehr der paradoxe Schein von der vorangegangenen Deutung schwindet. So erscheint ein

Urgrund Goetheschen Forschens in Natur nur hier. Dieses Studium beruht auf bald naivem, bald auch wohl bedachterem Doppelsinn in dem Naturbegriff. Er bezeichnet nämlich bei Goethe sowohl die Sphäre der wahrnehmbaren Erscheinungen wie auch die der anschaubaren Urbilder. Niemals hat doch Goethe Rechenschaft von dieser Synthesis erbringen können. Vergebens suchen seine Forschungen statt philosophischer Ergründung den Erweis für die Identität der beiden Sphären empirisch durch Experimente zu führen. Da er die „wahre" Natur nicht begrifflich bestimmte, ist er ins fruchtbare Zentrum einer Anschauung niemals gedrungen, die ihn die Gegenwart „wahrer" Natur als Urphänomen in ihren Erscheinungen suchen hieß, wie er in den Kunstwerken sie voraussetzte. Solger gewahrt diesen Zusammenhang, der insbesondere gerade zwischen den Wahlverwandtschaften und Goethescher Naturforschung besteht, wie ihn auch die Selbstanzeige betont. Bei ihm heißt es: „Die Farbenlehre hat mich ... gewissermaßen überrascht. Weiß Gott, wie ich mir vorher gar keine bestimmte Erwartung davon gebildet hatte; meistens glaubte ich bloße Experimente darin zu finden. Nun ist es ein Buch, worin die Natur lebendig, menschlich und unumgänglich geworden ist. Mich dünkt, es gibt auch den Wahlverwandtschaften einiges Licht." Die Entstehung der Farbenlehre ist auch zeitlich der des Romans benachbart. Goethes Forschungen im Magnetismus vollends greifen deutlich in das Werk selbst ein. Diese Einsicht in Natur, an der der Dichter die Bewährung seiner Werke stets vollziehen zu können glaubte, vollendete seine Gleichgültigkeit gegen Kritik. Ihrer bedurfte es nicht. Die Natur der Urphänomene war der Maßstab, ablesbar jeden Werkes Verhältnis zu ihr. Aber auf Grund jenes Doppelsinns im Naturbegriff wurde zu oft aus den Urphänomenen als Urbild die Natur als das Vorbild. Niemals wäre diese Ansicht mächtig geworden, wenn – in Auflösung der gedachten Äquivokation – es sich Goethe erschlossen hätte, daß adäquat im Bereich der Kunst allein die Urphänomene – als Ideale – sich der Anschauung darstellen, während in der Wissenschaft die Idee sie vertritt, die den Gegenstand der Wahrnehmung zu bestrahlen, doch in der Anschauung nie zu wandeln vermag. Die Urphänomene liegen der Kunst nicht vor, sie stehen in ihr. Von Rechts wegen können sie niemals Maßstäbe abgeben. Scheint bereits in dieser Kontamination des reinen und empirischen Bereichs die sinnliche Natur den höchsten Ort zu fordern, so triumphiert ihr mythisches Gesicht in der Gesamterscheinung ihres Seins. Es ist für Goethe nur das Chaos der Symbole. Als solche nämlich treten bei ihm ihre Urphänomene, in Gemeinschaft mit den andern auf, wie so deutlich unter den Gedichten das Buch „Gott und Welt“ es vorstellt. Nirgends hat der Dichter je versucht, eine Hierarchie der Urphänomene zu begründen. Seinem Geiste stellt die Fülle ihrer Formen nicht anders sich dar als dem Ohre die verworrene Tonwelt. In dieses Gleichnis mag erlaubt sein, eine Schilderung, die er von ihr bietet, zu wenden, weil sie selbst so deutlich wie nur weniges den Geist, in dem er die Natur betrachtet, kund gibt. „Man schließe das Auge, man öffne, man schärfe das Ohr, und vom leisesten Hauch bis zum wildesten Geräusch, vom einfachsten Klang bis zur höchsten Zusammenstimmung, von dem heftigsten leidenschaftlichen Schrei bis zum sanftesten Worte der Vernunft ist es nur die Natur, die spricht, ihr Dasein, ihre Kraft, ihr Leben und ihre Verhältnisse offenbart, so daß ein Blinder, dem das unendlich Sichtbare versagt ist, im Hörbaren ein unendlich Lebendiges fassen kann." Wenn im extremsten Sinne also selbst die „Worte der Vernunft" zum Habe der Natur geschlagen werden, was Wunder, wenn für Goethe der Gedanke niemals ganz das Reich der Urphänomene durchleuchtete. Damit aber beraubte er sich der Möglichkeit Grenzen zu ziehen. Unterscheidungslos verfällt das Dasein dem Begriffe der Natur, der ins Monströse wächst, wie das Fragment von 1780 lehrt. Und zu den Sätzen dieses Bruchstücks – „der Natur" – hat Goethe noch im späten Alter sich bekannt. Ihr Schlußwort lautet: „Sie hat mich hereingestellt, sie wird mich auch herausführen. Ich vertraue mich ihr. Sie mag mit mir schalten; sie wird ihr Werk nicht hassen. Ich sprach nicht von ihr; nein, was wahr ist und was falsch ist, Alles hat sie gesprochen. Alles ist ihre Schuld, Alles ist ihr Verdienst." In dieser Weltbetrachtung ist das Chaos.

Denn darein mündet zuletzt das Leben des Mythos, welches ohne Herrscher oder Grenzen sich selbst als die einzige Macht im Bereiche des Seienden einsetzt.

Die Abkehr von aller Kritik und die Idololatrie der Natur sind die mythischen Lebensformen im Dasein des Künstlers. Daß sie in Goethe eine höchste Prägnanz erhalten, dies wird man im Namen des Olympiers bedeutet sehn dürfen. Er bezeichnet zugleich im mythischen Wesen das Lichte. Aber ein Dunkles entspricht ihm, das aufs Schwerste das Dasein des Menschen beschattet hat. Davon lassen sich Spuren in „Wahrheit und Dichtung" erkennen. Doch das wenigste drang in Goethes Bekenntnisse durch. Einzig der Begriff des Dämonischen steht, wie ein unabgeschliffener Monolith, in ihrer Ebene. Mit ihm leitete Goethe den letzten Abschnitt des autobiographischen Werkes ein. „Man hat im Verlaufe dieses biographischen Vortrags umständlich gesehen, wie das Kind, der Knabe, der Jüngling sich auf verschiedenen Wegen dem Übersinnlichen zu nähern gesucht; erst mit Neigung nach einer natürlichen Religion hingeblickt, dann mit Liebe sich an eine positive festgeschlossen; ferner durch Zusammenziehung in sich selbst seine eignen Kräfte versucht und sich endlich dem allgemeinen Glauben freudig hingegeben. Als er in den Zwischenräumen dieser Regionen hin und wieder wanderte, suchte, sich umsah, begegnete ihm manches, was zu keiner von allen gehören mochte, und er glaubte mehr und mehr einzusehen, daß es besser sei, den Gedanken von dem Ungeheuren, Unfaßlichen abzuwenden. – Er glaubte in der Natur, der belebten und unbelebten, der beseelten und unbeseelten, etwas zu entdecken, das sich nur in Widersprüchen manifestierte und deshalb unter keinen Begriff, noch viel weniger unter ein Wort gefaßt werden könnte. Es war nicht göttlich, denn es schien unvernünftig; nicht menschlich, denn es hatte keinen Verstand; nicht teuflisch, denn es war wohltätig; nicht englisch, denn es ließ oft Schadenfreude merken. Es glich dem Zufall, denn es bewies keine Folge; es ähnelte der Vorsehung, denn es deutete auf Zusammenhang. Alles, was uns begrenzt, schien für dasselbe durchdringbar; es schien mit den notwendigen Elementen unsres Daseins willkürlich zu schalten; es zog die Zeit zusammen und dehnte den Raum aus. Nur im Unmöglichen schien es sich zu gefallen und das Mögliche mit Verachtung von sich zu stoßen. – Dieses Wesen, das zwischen alle übrigen hineinzutreten, sie zu sondern, sie zu verbinden schien, nannte ich dämonisch, nach dem Beispiel der Alten und Derer, die etwas Ähnliches gewahrt hatten. Ich suchte mich vor diesem furchtbaren Wesen zu retten". Es bedarf kaum des Hinweises, daß in diesen Worten, nach mehr als fünfunddreißig Jahren, die gleiche Erfahrung unfaßbarer Naturzweideutigkeit sich kundtut, wie in dem berühmten Fragmente. Die Idee des Dämonischen, die abschließend noch im Egmont-Zitat von „Wahrheit und Dichtung", anführend in der ersten Stanze der „Orphischen Urworte“ sich findet, begleitet Goethes Anschauung sein Leben lang. Sie ist es, die in der Schicksalsidee der Wahlverwandtschaften hervortritt, und wenn es noch zwischen beiden der Vermittlung bedürfte, so fehlt auch sie, die seit Jahrtausenden den Ring beschließt, bei Goethe nicht. Greifbar weisen die Urworte, andeutend die Lebenserinnerungen auf die Astrologie als den Kanon des mythischen Denkens. Mit der Hindeutung aufs Dämonische schließt, mit der aufs Astrologische beginnt „Wahrheit und Dichtung“. Und nicht gänzlich scheint dies Leben astrologischer Betrachtung entzogen. Goethes Horoskop, wie es halb spielend und halb ernst Bolls „Sternglaube und Sterndeutung“ gestellt hat, verweist von seiner Seite auf die Trübung dieses Daseins. „Auch daß der Aszendent dem Saturn dicht folgt und dabei in dem schlimmen Skorpion liegt, wirft einige Schatten auf dieses Leben; mindestens eine gewisse Verschlossenheit wird das als >rätselhaft< geltende Tierkreiszeichen, im Verein mit dem versteckten Wesen des Saturn, im höheren Lebensalter verursachen; aber auch“ – und dies weist auf das Folgende voraus – „als ein auf der Erde kriechendes Tierkreiswesen, in dem der >erdige Planet< Saturn steht, jene starke Diesseitigkeit, die sich >in derber Liebeslust mit klammernden Organen< an die Erde hält.“

„Ich suchte mich vor diesem furchtbaren Wesen zu retten“. Den Umgang der dämonischen Kräfte erkauft die mythische

Menschheit mit Angst. Sie hat aus Goethe oft unverkennbar gesprochen. Ihre Manifestationen sind aus der anekdotischen Vereinzelung, in der fast widerwillig von den Biographen ihrer gedacht wird, in das Licht einer Betrachtung zu stellen, die freilich schreckhaft deutlich die Gewalt uralter Mächte in dem Leben dieses Mannes zeigt, der doch nicht ohne sie zum größten Dichter seines Volks geworden ist. Die Angst vorm Tod, die jede andere einschließt, ist die lauteste. Denn er bedroht die gestaltlose Panarchie des natürlichen Lebens am meisten, die den Bannkreis des Mythos bildet. Die Abneigung des Dichters gegen den Tod und gegen alles, was ihn bezeichnet, trägt ganz die Züge äußerster Superstition. Es ist bekannt, daß bei ihm niemand je von Todesfällen reden durfte, weniger bekannt, daß er niemals ans Sterbebette seiner Frau getreten ist. Seine Briefe bekunden dem Tode des eigenen Sohnes gegenüber dieselbe Gesinnung. Nichts bezeichnender als jenes Schreiben, in dem er Zeltern den Verlust vermeldet und seine wahrhaft dämonische Schlußformel: „Und so, über Gräber, vorwärts!“ In diesem Sinne setzt die Wahrheit der Worte, die man dem Sterbenden in den Mund gelegt hat, sich durch. Darinnen hält die mythische Lebendigkeit zuletzt dem nahen Dunkel ihren ohnmächtigen Lichtwunsch entgegen. Auch wurzelte in ihr der beispiellose Selbstkultus der letzten Lebensjahrzehnte. „Wahrheit und Dichtung“, die „Tag- und Jahreshefte“, die Herausgabe des Briefwechsels mit Schiller, die

Sorge für denjenigen mit Zelter sind ebensoviele Bemühungen, den Tod zu vereiteln. Noch klarer spricht die heidnische Besorgnis, welche statt als Hoffnung die Unsterblichkeit zu hüten als ein Pfand sie fordert, aus alledem, was er vom Fortbestand der Seele sagt. Wie die Unsterblichkeitsidee des Mythos selbst als ein „Nicht-Sterben-Können" aufgezeigt ward, so ist sie auch im Goetheschen Gedanken nicht der Zug der Seele in das Heimatreich, sondern eine Flucht vom Grenzenlosen her ins Grenzenlose. Vor allem das Gespräch nach Wielands Tod, das Falk überliefert, will die Unsterblichkeit naturgemäß und auch, wie zur Betonung des Unmenschlichen in ihr, nur großen Geistern eigentlichst zugebilligt wissen.

Kein Gefühl ist reicher an Varianten als die Angst. Zur Todesangst gesellt sich die vorm Leben, wie zum Grundton seine zahllosen Obertöne. Auch das barocke Spiel der Lebensangst vernachlässigt, verschweigt die Tradition. Ihr gilt es eine Norm in Goethe aufzustellen und dabei ist sie weit davon entfernt, den Kampf der Lebensformen, den er in sich austrug, zu gewahren. Zu tief hat Goethe ihn in sich verschlossen. Daher die Einsamkeit in seinem Leben und, bald schmerzlich und bald trotzig, das Verstummen. Gervinus hat in seiner Schrift „Über den Goetheschen Briefwechsel" in der Schilderung der Weimarer Frühzeit gezeigt, wie bald sich das einstellt. Am ersten und am sichersten von allen hat er die

Aufmerksamkeit auf diese Phänomene im Goetheschen Leben gelenkt; er vielleicht als einziger hat ihre Bedeutung geahnt, wie irrig er auch über ihren Wert geurteilt habe. So entgeht ihm weder das schweigende Insichversunkensein der Spätzeit noch ihr ins Paradoxe gesteigerter Anteil an den Sachgehalten des eignen Lebens. Aus beiden aber spricht die Lebensangst: die Angst vor seiner Macht und Breite aus dem Sinnen, die Angst vor seiner Flucht aus dem Umfassen. Gervinus bestimmt in seiner Schrift den Wendepunkt, der das Schaffen des alten Goethe von dem der früheren Perioden trennt und er setzt ihn in das Jahr 1797, in die Zeit der projektierten italienischen Reise. In einem gleichzeitigen Schreiben an Schiller handelt Goethe von Gegenständen, die ohne „ganz poetisch" zu sein, eine gewisse poetische Stimmung in ihm erweckt hätten. Er sagt: „Ich habe daher die Gegenstände, die einen solchen Effekt hervorbringen, genau betrachtet und zu meiner Verwunderung bemerkt, daß sie eigentlich symbolisch sind." Das Symbolische aber ist das, worin die unauflösliche und notwendige Bindung eines Wahrheitsgehaltes an einen Sachgehalt erscheint. „Wenn man", so heißt es in dem gleichen Brief, „künftig bei weitern Fortschritten der Reise nicht sowohl aufs Merkwürdige, sondern aufs Bedeutende seine Aufmerksamkeit richtete, so müßte man für sich und andere doch zuletzt eine schöne Ernte gewinnen. Ich will es erst noch hier versuchen, was ich Symbolisches bemerken kann, besonders aber an fremden

Orten, die ich zum ersten Mal sehe, mich üben. Gelänge das, so müßte man ohne die Erfahrung in die Breite verfolgen zu wollen, doch wenn man auf jedem Platz, in jedem Moment, soweit es einem vergönnt wäre, in die Tiefe ginge, noch immer genug Beute aus bekannten Ländern und Gegenden davon tragen." „Man darf" – so schließt Gervinus an – „wohl sagen, daß dies in seinen spätern poetischen Produkten fast durchgängig der Fall ist und daß er darin Erfahrungen, die er ehedem in sinnlicher Breite, wie es die Kunst verlangt, vorgeführt hatte, nach einer gewissen geistigen Tiefe mißt, wobei er sich oft ins Bodenlose verliert. Schiller durchschaut diese so mysteriös verhüllte neue Erfahrung sehr scharf ... eine poetische Forderung ohne eine poetische Stimmung und ohne poetischen Gegenstand scheine sein Fall zu sein. In der Tat komme es hier viel weniger auf den Gegenstand an, als auf das Gemüt, ob ihm der Gegenstand etwas bedeuten solle." (Und nichts ist kennzeichnender für den Klassizismus als dieses Streben in dem gleichen Satz das Symbol zu erfassen und zu relativieren.) „Das Gemüt sei es, das hier die Grenze steckt, und das Gemeine und Geistreiche kann er auch hier wie überall nur in der Behandlung, nicht in der Wahl des Stoffes finden. Was ihm jene beiden Plätze waren, meint er, wäre ihm in aufgeregter Stimmung jede Straße, Brücke usw. gewesen. Wenn Schiller die unternehmbaren Folgen dieser neuen Betrachtungsweise in Goethe hätte ahnen können, so würde er ihn schwerlich ermuntert haben, sich ihr ganz zu überlassen, weil durch eine solche Ansicht der Gegenstände in das Einzelne eine Welt gelegt werde ... Denn so ist es gleich die nächste Folge, daß Goethe anfängt, sich Reisebündel von Akten anzulegen, worin er alle öffentlichen Papiere, Zeitungen, Wochenblätter, Predigtauszüge, Komödienzettel, Verordnungen, Preiscourante usw. einheftet, seine Bemerkungen hinzufügt, diese mit der Stimme der Gesellschaft vergleicht, seine eigene Meinung mit dieser berichtigt, die neue Belehrung wieder ad acta nimmt und so Materialien für einen künftigen Gebrauch zu erhalten hofft!! Dies bereitet schon völlig zu der später ganz ins Lächerliche entwickelten Bedeutsamkeit vor, mit der er auf Tagebücher und Notizen die höchsten Stücke hält, mit der er jede elendeste Sache mit pathetischer Weisheitsmiene betrachtet. Seitdem ist ihm jede Medaille, die man ihm schenkt, und jeder Granitstein; den er verschenkt, ein Gegenstand von höchster Wichtigkeit; und wenn er Steinsalz bohrt, das Friedrich der Große trotz aller Befehle nicht hatte auffinden können, so sieht er ich weiß nicht welche Wunder dabei und schickt seinem Freunde Zelter eine symbolische Messerspitze voll davon nach Berlin. Es gibt nichts Bezeichnenderes für diese seine spätere Sinnesart, die sein steigendes Alter stets mehr ausbildete, als daß er es sich zum Grundsatze macht, dem alten nil admirari mit Eifer zu widersprechen. Alles vielmehr zu bewundern, Alles

>bedeutend, wundersam, incalculabel< zu finden!“ An dieser Haltung, die Gervinus so unübertrefflich, ohne Übertreibung, malt, hat zwar Bewunderung Anteil aber auch die Angst. Der Mensch erstarrt im Chaos der Symbole und verliert die Freiheit, die den Alten nicht bekannt war. Er gerät im Handeln unter Zeichen und Orakel. In Goethes Leben haben sie nicht gefehlt. Solch ein Zeichen wies den Weg nach Weimar. Ja, in „Wahrheit und Dichtung“ hat er erzählt, wie er auf einer Wanderung, zwiespältig über seinen Ruf zu Dichtung oder Malkunst, ein Orakel eingesetzt. Die Angst vor Verantwortung ist die geistigste unter allen, denen Goethe durch sein Wesen verhaftet war. Sie ist ein Grund der konservativen Gesinnung, die er Politischem, Gesellschaftlichem und im Alter auch wohl Literarischem entgegenbrachte. Sie ist die Wurzel der Versäumnis in seinem erotischen Leben. Daß sie auch seine Auslegung der Wahlverwandtschaften bestimmte ist gewiß. Denn gerade diese Dichtung wirft ein Licht in solche Gründe seines eigenen Lebens, die, weil sie sein Bekenntnis nicht verrät, auch einer Tradition verborgen blieben, die sich von dessen Bann noch nicht befreit hat. Nicht aber darf dies mythische Bewußtsein mit der trivialen Floskel angesprochen werden, unter der man oft ein Tragisches im Leben des Olympiers sich gefiel zu erkennen. Tragisches gibt es allein im Dasein der dramatischen, d. h. der sich darstellenden Person, niemals in dem eines Menschen. Am allerwenigsten aber in

dem quietistischen eines Goethe, in dem kaum darstellende Momente sich finden. So gilt es auch für dieses Leben wie für jedes menschliche nicht die Freiheit des tragischen Helden im Tode, sondern die Erlösung im ewigen Leben.

II

Drum da gehäuft sind rings, um Klarheit,
Die Gipfel der Zeit,
Und die Liebsten nahe wohnen, ermattend auf
Getrenntesten Bergen,
So gieb unschuldig Wasser,
O Fittige gieb uns, treuesten Sinns
Hinüberzugehn und wiederzukehren.
Hölderlin

Wenn jedes Werk so wie die Wahlverwandtschaften des Autors Leben und sein Wesen aufzuklären vermag, so verfehlt die übliche Betrachtung dieses um so mehr, je näher sie sich daran zu halten glaubt. Denn mag nur selten eine Klassikerausgabe versäumen, in ihrer Einleitung es zu betonen, daß gerade ihr Gehalt wie kaum ein anderer aus des Dichters Leben einzig und allein verständlich sei, so enthält dies Urteil im Grunde schon das πρωτου ψεύδος der Methode, die in dem schablonierten Wesensbild und leerem oder unfaßlichem Erleben das Werden seines Werks im Dichter darzustellen sucht. Dies πρωτου ψεύδος in fast aller neuern Philologie, d. h. in solcher, die noch nicht durch Wort- und Sacherforschung sich bestimmt, ist, von dem Wesen und vom Leben ausgehend die Dichtung als Produkt aus jenen wenn nicht abzuleiten, so doch müßigem Verständnis näher zu bringen. Insofern aber fraglos angezeigt ist, am Sichern, Nachprüfbaren die Erkenntnis aufzubauen, muß überall, wo sich die Einsicht auf Gehalt und Wesen richtet, das Werk durchaus im Vordergrunde stehn. Denn nirgends liegen diese dauerhafter, geprägter, faßlicher zutage als in ihm. Daß sie selbst da noch schwer genug und vielen niemals zugänglich erscheinen, mag für diese letztern Grund genug sein, statt auf der genauen Einsicht in das Werk auf Personal- und Relationserforschung das Studium der Kunstgeschichte zu begründen, vermag jedoch den Urteilenden nicht zu bewegen, ihnen Glauben zu schenken oder gar zu folgen. Vielmehr wird dieser sich gegenwärtig halten, daß der einzige rationale Zusammenhang zwischen Schaffendem und Werk in dem Zeugnis besteht, das dieses von jenem ablegt. Vom Wesen eines Menschen gibt es nicht allein Wissen nur durch seine Äußerungen, zu denen in diesem Sinn auch die Werke gehören – nein, es bestimmt sich allererst durch jene. Werke sind unableitbar wie Taten und jede Betrachtung, die im ganzen diesen Satz zugestände, um ihm im einzelnen zu widerstreben, hat den Anspruch auf Gehalt verloren.

Was derart der banalen Darstellung entgeht, ist nicht allein die Einsicht in Wert und Art der Werke, sondern gleichermaßen diejenige in das Wesen und das Leben ihres Autors. Vom Wesen des Verfassers zunächst wird nach dessen Totalität, seiner „Natur", jede Erkenntnis durch die vernachlässigte Deutung der Werke vereitelt. Denn ist auch diese nicht imstande, von dem Wesen eine letzte und vollkommene Anschauung zu geben, welche aus Gründen sogar stets undenkbar ist, so bleibt, wo von dem Werke abgesehen wird, das Wesen vollends unergründlich. Aber auch die Einsicht in das Leben des Schaffenden verschließt sich der herkömmlichen Methode der Biographik. Klarheit über das theoretische Verhältnis von Wesen und Werk ist die Grundbedingung jeder Anschauung von seinem Leben. Für sie ist bisher so wenig geschehen, daß allgemein die psychologischen Begriffe für ihre besten Einsichtsmittel gelten, während doch nirgends so wie hier Verzicht auf jede Ahnung wahren Sachverhalts zu leisten ist, solange diese termini im Schwange gehen. So viel nämlich läßt sich behaupten, daß der Primat des Biographischen im Lebensbilde eines Schaffenden,

d. h. die Darstellung des Lebens als die eines menschlichen mit jener doppelten Betonung des Entscheidenden und für den Menschen Unentscheidbaren der Sittlichkeit nur da sich fände, wo Wissen um die Unergründlichkeit des Ursprunges jedes Werk, sowohl dem Wert wie dem Gehalt nach es umgrenzend, vom letzten Sinne seines Lebens ausschließt. Denn wenn das große Werk auch nicht in dem gemeinen Dasein sich heranbildet, ja wenn es sogar Bürgschaft seiner Reinheit ist, so ist es doch zuletzt nur eines unter seinen andern Elementen. Und nur ganz fragmentarisch kann es so das Leben eines Bildners mehr dem Werden als dem Gehalte nach verdeutlichen. Die gänzliche Unsicherheit über die Bedeutung, die Werke in dem Leben eines Menschen haben können, hat dazu geführt, dem Leben Schaffender besondere Arten ihm vorbehaltenen und in ihm allein gerechtfertigten Inhalts zuzuordnen. Ein solches soll nicht von den sittlichen Maximen nur emanzipiert, nein es soll höherer Legitimität teilhaft und der Einsicht deutlicher offen sein. Was Wunder, daß für solche Meinung jeder echte Lebensinhalt, wie er auch in den Werken stets hervortritt, sehr gering wiegt. Vielleicht hat sie sich niemals deutlicher als Goethe gegenüber dargestellt.

In dieser Auffassung, das Leben Schaffender verfüge über autonome Inhalte, berührt sich die triviale Denkgewohnheit so genau mit einer sehr viel tieferen, daß die Annahme erlaubt ist, die erste sei nur eine Deformierung dieser letzten und ursprünglichen, welche jüngst wieder ans Licht trat. Wenn nämlich der herkömmlichen Anschauung Werk, Wesen und Leben gleich bestimmungslos sich vermengen, so spricht jene ausdrücklich Einheit diesen dreien zu. Sie konstruiert damit die Erscheinung des mythischen Heros. Denn im Bereich des Mythos bilden in der Tat das Wesen, Werk und Leben jene Einheit, die ihnen sonst allein im Sinn des laxen Literators zukommt. Dort ist das Wesen Dämon und das Leben Schicksal und das Werk, das nur die beiden ausprägt, lebende Gestalt. Dort hält es zugleich den Grund des Wesens in sich und den Inhalt des Lebens. Die kanonische Form des mythischen Lebens ist eben das des Heros. In ihm ist das Pragmatische zugleich symbolisch, in ihm allein mit andern Worten gleicherweise die Symbolgestalt und mit ihr der Symbolgehalt des menschlichen Lebens adäquat der Einsicht gegeben. Aber dieses menschliche Leben ist vielmehr das übermenschliche und daher nicht nur in dem Dasein der Gestalt, entscheidender vielmehr im Wesen des Gehalts vom eigentlich menschlichen unterschieden. Denn während die verborgene Symbolik dieses letzten bindend gleich sehr auf Individualem wie auf dem Menschlichen des Lebenden beruht, erreicht die offenkundige des Heroenlebens weder die Sphäre individueller Sonderart noch jene der moralischen Einzigkeit. Vom Individuum scheidet den Heros der Typus, die, wenn auch übermenschliche, Norm; von der moralischen Einzigkeit der

Verantwortung die Rolle des Stellvertreters. Denn er ist nicht allein vor seinem Gott, sondern der Stellvertreter der Menschheit vor ihren Göttern. Mythischer Natur ist alle Stellvertretung im moralischen Bereich vom vaterländischen „Einer für alle“ bis zu dem Opfertode des Erlösers. – Typik und Stellvertretung im Heroenleben gipfeln in dem Begriff seiner Aufgabe. Deren Gegenwart und evidente Symbolik unterscheidet das übermenschliche Leben vom menschlichen. Sie kennzeichnet Orpheus, der in den Hades steigt, nicht minder als den Herakles der zwölf Aufgaben: den mythischen Sänger wie den mythischen Helden. Für diese Symbolik fließt eine der mächtigsten Quellen aus dem Astralmythos: im übermenschlichen Typus des Erlösers vertritt der Heros die Menschheit durch sein Werk am Sternenhimmel. Ihm gelten die orphischen Urworte: sein Dämon ist es, der sonnenhaft, seine Tyche, die wechselnd wie der Mond, sein Schicksal, das unentrinnbar gleich der astralen Anagke, sogar der Eros nicht – Elpis allein weist über sie hinaus. So ist es denn kein Zufall, daß der Dichter auf die Elpis stieß, als er das menschlich Nahe in den andern Worten suchte, daß unter allen sie allein keiner Erklärung bedürftig gefunden wurde – kein Zufall aber auch, daß nicht sie, vielmehr der starre Kanon der vier übrigen das Schema für den „Goethe“ Gundolfs dargeboten. Demnach ist die Methodenfrage an die Biographik weniger doktrinär, als diese ihre Deduktion vermuten ließe. Denn es ist ja in dem

Buche Gundolfs versucht worden, als ein mythisches das Leben Goethes darzustellen. Und diese Auffassung erfordert die Beachtung nicht allein, weil Mythisches im Dasein dieses Mannes lebt, erfordert sie gedoppelt vielmehr bei Betrachtung eines Werkes, auf das sie seiner mythischen Momente wegen sich berufen könnte. Gelingt ihr nämlich diesen Anspruch zu erhärten, so bedeutet das, die Abhebung der Schicht, in der der Sinn jenes Romans selbständig waltet, sei unmöglich. Wo solch gesonderter Bereich nicht nachzuweisen, da kann es sich nicht um Dichtung, sondern allein um deren Vorläufer, das magische Schrifttum handeln. Daher ist jede eingehende Betrachtung eines Goetheschen Werkes, ganz besonders aber die der Wahlverwandtschaften, von der Zurückweisung dieses Versuches abhängig. Mit ihr ist zugleich die Einsicht in einen Lichtkern des erlösenden Gehalts gewiesen, der jener Einstellung wie überall auch in den Wahlverwandtschaften entgangen ist.

Der Kanon, welcher dem Leben des Halbgotts entspricht, erscheint in einer eigentümlichen Verschiebung in der Auffassung, die die Georgesche Schule vom Dichter bekundet. Ihm nämlich wird, gleich dem Heros, sein Werk als Aufgabe von ihr zugesprochen und somit sein Mandat als göttliches betrachtet. Von Gott aber kommen dem Menschen nicht Aufgaben sondern einzig Forderungen, und daher ist vor Gott kein Sonderwert dem dichterischen Leben zuzuschreiben. Wie denn übrigens der Begriff der Aufgabe auch vom Dichter aus betrachtet unangemessen ist. Dichtung im eigentlichen Sinn entsteht erst da, wo das Wort vom Banne auch der größten Aufgabe sich frei macht. Nicht von Gott steigt solche Dichtung nieder, sondern aus dem Unergründlichen der Seele empor; sie hat am tiefsten Selbst des Menschen Anteil. Weil ihre Sendung jenem Kreise unmittelbar von Gott zu stammen scheint, so wird von ihm dem Dichter nicht allein der unverletzliche, jedoch nur relative Rang in seinem Volke zugebilligt, sondern eine völlig problematische Suprematie als Mensch schlechthin und somit seinem Leben vor Gott, dem er als Übermensch gewachsen scheint. Der Dichter aber ist eine nicht etwa grad- sondern artmäßig vorläufigere Erscheinung menschlichen Wesens als der Heilige. Denn im Wesen des Dichters bestimmt sich ein Verhältnis des Individuums zur Volksgemeinschaft, in dem des Heiligen das Verhältnis des Menschen zu Gott.

Zu der heroisierenden Ansicht vom Dichter findet sich in den Betrachtungen des Kreises, wie sie Gundolfs Buch fundieren, höchst verwirrend und verhängnisvoll ein zweiter nicht geringerer Irrtum aus dem Abgrund der gedankenlosen Sprachverwirrung. Wenn auch dem der Titel eines Dichters als des Schöpfers wohl nicht angehört, so ist er doch bereits in jedem Geiste ihm verfallen, der jenen Ton des Metaphorischen darin, Gemahnung an den wahren Schöpfer, nicht vernimmt. Und in der Tat ist der Künstler weniger der Urgrund oder

Schöpfer als der Ursprung oder Bildner und sicherlich sein Werk um keinen Preis sein Geschöpf, vielmehr sein Gebilde. Zwar hat auch das Gebilde Leben, nicht das Geschöpf allein. Aber was den bestimmenden Unterschied zwischen beiden begründet: nur das Leben des Geschöpfes, niemals das des Gebildeten hat Anteil, hemmungslosen Anteil an der Intention der Erlösung. Wie immer also die Gleichnisrede vom Schöpfertume eines Künstlers sprechen mag, ihre eigenste virtus, die der Ursache nämlich, vermag Schöpfung nicht an seinen Werken, sondern an Geschöpfen einzig und allein zu entfalten. Daher führt jener unbesonnene Sprachgebrauch, der an dem Worte „Schöpfer“ sich erbaut, ganz von selbst dahin, vom Künstler nicht die Werke sondern das Leben für dessen eigenstes Produkt zu halten. Während aber im Leben des Heros kraft dessen völliger symbolischer Erhelltheit das völlig Gestaltete, dessen Gestalt der Kampf ist, sich darstellt, findet sich im Leben des Dichters nicht nur eine eindeutige Aufgabe so wenig wie in irgend einem menschlichen, sondern ebensowenig ein eindeutiger und klar erweisbarer Kampf. Da dennoch die Gestalt beschworen werden soll, so bietet jenseits der lebendigen im Kampf nur die erstarrende im Schrifttum sich dar. So vollendet sich ein Dogma, das das Werk, welches es zum Lesen verzauberte, durch nicht weniger verführerisches Irren als Leben wieder zum Werk erstarren läßt und das die vielberufene „Gestalt“ des Dichters als einen Zwitter von Heros und Schöpfer zu fassen vermeint, an dem sich nichts mehr unterscheiden, doch von dem sich mit dem Schein des Tiefsinns alles behaupten läßt.

Das gedankenloseste Dogma des Goethekults, das blasseste Bekenntnis der Adepten: daß unter allen Goetheschen Werken das größte sein Leben sei – Gundolfs „Goethe“ hat es aufgenommen. Goethes Leben wird demnach nicht von dem der Werke streng geschieden. Wie der Dichter in einem Bilde von klarer Paradoxie die Farben die Taten und Leiden des Lichts genannt hat, so macht Gundolf in einer höchst getrübten Anschauung zu solchem Licht, das letzten Endes nicht von anderer Art als seine Farben, seine Werke sein würde, das Goethesche Leben. Diese Einstellung leistet ihm zweierlei: sie entfernt jeden moralischen Begriff aus dem Gesichtskreis und erreicht zugleich, indem sie dem Heros die Gestalt, die ihm als Sieger zukommt, als Schöpfer zuspricht, die Schicht des blasphemischen Tiefsinns. So heißt es von den Wahlverwandtschaften, daß darin Goethe „Gottes gesetzliches Verfahren nachsann“. Aber das Leben des Menschen, und sei es das des Schaffenden, ist niemals das des Schöpfers. Genau so wenig läßt es sich als das des Heros, das sich selber die Gestalt gibt, deuten. In solchem Sinne kommentiert es Gundolf. Denn nicht mit der treuen Gesinnung des Biographen wird der Sachgehalt dieses Lebens auch, und gerade, um des darin Nichtverstandenen willen erfaßt, nicht in der großen

Bescheidung echter Biographik als das Archiv selbst unentzifferbarer Dokumente dieses Daseins, sondern offenbar liegen sollen Sachgehalt und Wahrheitsgehalt und wie im Heroenleben einander entsprechen. Offenbar jedoch liegt der Sachgehalt des Lebens allein und sein Wahrheitsgehalt ist verborgen. Wohl lassen der einzelne Zug, die einzelne Beziehung sich aufhellen, nicht aber die Totalität, es sei denn auch sie werde nur in einer endlichen Beziehung ergriffen. Denn an sich ist sie unendlich. Daher gibt es im Bereich der Biographik weder Kommentar noch Kritik. In der Verletzung dieses Grundsatzes begegnen sich auf seltsame Weise zwei Bücher, die übrigens Antipoden der Goetheliteratur genannt werden dürften: das Werk von Gundolf und die Darstellung von Baumgartner. Wo die letztere geradenwegs die Ergründung des Wahrheitsgehalts unternimmt, ohne den Ort seines Vergrabenseins auch nur zu ahnen, und daher die kritischen Ausfälle ohne Maß häufen muß, versenkt sich Gundolf in die Welt der Sachgehalte des Goetheschen Lebens, in denen er doch nur vorgeblich dessen Wahrheitsgehalt darstellen kann. Denn menschliches Leben läßt sich nicht nach Analogie eines Kunstwerks betrachten. Gundolfs quellenkritisches Prinzip jedoch bekundet die Entschlossenheit zu solcher Entstellung grundsätzlich. Wenn durchweg in der Rangordnung der Quellen die Werke an die erste Stelle gerückt, der Brief, geschweige denn das Gespräch dahinter zurückgestellt werden, so ist diese Einstellung lediglich daraus erklärbar, daß das Leben selbst als Werk angesehen wird. Denn einzig einem solchen gegenüber besitzt der Kommentar aus seinesgleichen höhern Wert als der aus irgend welchen andern Quellen. Aber dies nur darum, weil durch den Begriff des Werkes eine eigene und streng umgrenzte Sphäre festgelegt wird, in die des Dichters Leben nicht einzudringen vermag. Wenn jene Reihenfolge fernerhin vielleicht die Trennung von ursprünglich schriftlich und anfangs mündlich Überliefertem versuchen sollte, so ist auch dieses nur der eigentlichen Geschichte Lebensfrage, indes die Biographik auch bei dem höchsten Anspruch auf Gehalt sich an die Breite eines Menschenlebens halten muß. Zwar weist am Eingang seines Buches der Verfasser das biographische Interesse von sich ab, doch soll die Würdelosigkeit, die oft der neuern Biographik eignet, es nicht vergessen machen, daß ihr ein Kanon von Begriffen zugrunde liegt, ohne den jede historische Betrachtung eines Menschen zuletzt der Gegenstandslosigkeit verfällt. Kein Wunder also, daß mit der innern Unform dieses Buchs ein formloser Typus des Dichters sich bildet, der an das Denkmal gemahnt, das Bettina entwarf und in dem die ungeheuren Formen des Verehrten ins Gestaltlose, Mannweibliche zerfließen. Diese Monumentalität ist erlogen und – in Gundolfs eigener Sprache zu reden – es zeigt sich, daß das Bild, das aus dem kraftlosen Logos hervorgeht, dem nicht so unähnlich ist, das der maßlose Eros schuf.

Nur die beharrliche Verfolgung seiner Methodik kommt gegen die chimärische Natur dieses Werkes auf. Vergebene Mühe ohne diese Waffe mit den Einzelheiten es aufzunehmen. Denn eine beinah undurchdringliche Terminologie ist deren Panzer. Es erweist sich an ihr die für alle Erkenntnis fundamentale Bedeutung im Verhältnis von Mythos und Wahrheit. Dieses Verhältnis ist das der gegenseitigen Ausschließung. Es gibt keine Wahrheit, denn es gibt keine Eindeutigkeit und also nicht einmal Irrtum im Mythos. Da es aber ebensowenig Wahrheit über ihn geben kann (denn es gibt Wahrheit nur in den Sachen, wie denn Sachlichkeit in der Wahrheit liegt) so gibt es, was den Geist des Mythos angeht, von ihm einzig und allein eine Erkenntnis. Und wo Gegenwart der Wahrheit möglich sein soll, kann sie das allein unter der Bedingung der Erkenntnis des Mythos, nämlich der Erkenntnis von seiner vernichtenden Indifferenz gegen die Wahrheit. Darum hebt in Griechenland die eigentliche Kunst, die eigentliche Philosophie – zum Unterschiede von ihrem uneigentlichen Stadium, dem theurgischen – mit dem Ausgang des Mythos an, weil die erste nicht minder und die zweite nicht mehr als die andere auf Wahrheit beruht. So unergründlich aber ist die Verwirrung, die mit der Identifizierung von Wahrheit und Mythos gestiftet wird, daß mit ihrer verborgenen

Wirksamkeit diese erste Entstellung fast jeden einzelnen Satz des Gundolfschen Werkes vor allem kritischen Argwohn sicherzustellen droht. Und doch besteht die ganze Kunst des Kritikers hier in nichts anderem, als, ein zweiter Gulliver, ein einziges dieser Zwergensätzchen trotz seiner zappelnden Sophismen aufzugreifen und es in aller Ruhe zu betrachten. „Nur" in der Ehe „verneinten sich ... all die Anziehungen und Abstoßungen, die sich ergeben aus der Spannung des Menschen zwischen Natur und Kultur, aus dieser seiner Doppeltheit: daß er mit seinem Blut an das Tier, mit seiner Seele an die Gottheit grenzt ... Nur in der Ehe wird die schicksalhafte und triebhafte Vereinigung oder Trennung zweier Menschen ... durch die Zeugung des legitimen Kindes heidnisch gesprochen ein Mysterium christlich gesprochen ein Sakrament. Die Ehe ist nicht nur ein animalischer Akt, sondern auch ein magischer, ein Zauber." Eine Darlegung, die der blutrünstige Mystizismus des Ausdrucks allein von der Denkart einer Knallbonboneinlage unterscheidet. Wie sicher steht dagegen die Kantische Erklärung, deren strenger Hinweis auf das natürliche Moment der Ehe – Sexualität – dem Logos seines göttlichen – der Treue – nicht den Weg verlegt. Dem wahrhaft Göttlichen eignet nämlich der Logos, es begründet das Leben nicht ohne die Wahrheit, den Ritus nicht ohne die Theologie. Dagegen ist das Gemeinsame aller heidnischen Anschauung der Primat des Kultus vor der Lehre, die am sichersten darin sich heidnisch zeigt, daß sie einzig und allein Esoterik ist. Gundolfs „Goethe“, dies ungefüge Postament der eigenen Statuette, weist in jedem Sinn den Eingeweihten einer Esoterik aus, der nur aus Langmut das Bemühen der Philosophie um ein Geheimnis duldet, dessen Schlüssel er in Händen hält. Doch keine Denkart ist verhängnisvoller als die, welche selbst dasjenige, was dem Mythos zu entwachsen begonnen, verwirrend in denselben zurückbiegt, und die freilich durch die eben hiermit aufgedrungene Versenkung ins Monströse alsbald jeden Verstand gewarnt hätte, dem nicht der Aufenthalt in der Wildnis der Tropen eben recht ist, in einem Urwald, wo sich die Worte als plappernde Affen von Bombast zu Bombast schwingen, um nur den Grund nicht berühren zu müssen, der es verrät, daß sie nicht stehn können, nämlich den Logos, wo sie stehen und Rede stehn sollten. Den aber meiden sie mit soviel Anschein, weil allem, selbst erschlichenem mythischen Denken gegenüber die Frage nach der Wahrheit darin zunichte wird. Diesem nämlich verschlägt es nichts, die blinde Erdschicht bloßen Sachgehalts für den Wahrheitsgehalt in Goethes Werk zu nehmen, und statt aus einer Vorstellung wie der des Schicksals durch Erkenntnis wahrhaften Gehalt zu läutern, wird er verdorben indem Sentimentalität mit ihrer Witterung sich in jene einfühlt. So erscheint mit der erlogenen Monumentalität des Goetheschen Bildes die gefälschte Legalität seiner Erkenntnis, und die Untersuchung ihres Logos stößt mit der Einsicht in ihre methodische Gebrechlichkeit auf ihre sprachliche Anmaßung und damit ins Zentrum. Ihre Begriffe sind Namen, ihre Urteile Formeln. Denn in ihr hat gerade die Sprache, der doch sonst der ärmste Schlucker nicht völlig den Strahl ihrer ratio zu ersticken vermag, eine Finsternis, die sie allein erhellen könnte, zu verbreiten. Damit muß der letzte Glaube an die Überlegenheit dieses Werkes über die Goetheliteratur der ältern Schulen schwinden, als deren rechtmäßigen und größeren Nachfolger die eingeschüchterte Philologie nicht allein um des eigenen schlechten Gewissens sondern auch um der Unmöglichkeit willen, an ihren Stammbegriffen es zu messen, es gelten ließ. Doch der philosophischen Betrachtung entzieht auch die beinah unergründliche Verkehrung seiner Denkart ein Bestreben nicht, das selbst dann sich richten würde, wenn es nicht den verworfenen Schein des Gelingens trüge.

Wo immer eine Einsicht in Goethes Leben und Werk in Frage steht, da kann – so sichtbar Mythisches sich auch in ihnen bekunden mag – dies nicht den Erkenntnisgrund bilden. Wenn es jedoch sehr wohl im einzelnen ein Gegenstand der Betrachtung sein mag, so ist dagegen, wo es sich ums Wesen und um die Wahrheit im Werk und Leben handelt, die Einsicht in den Mythos auch in gegenständlicher Beziehung nicht die letzte. Denn in dessen Bereich repräsentiert sich vollständig weder Goethes Leben noch auch irgend eines seiner Werke. Ist dies, soweit das Leben in Frage steht, schlechthin durch seine menschliche Natur verbürgt, so lehren es die Werke im einzelnen, sofern ein Kampf, der im Leben verheimlicht ward, in deren spätesten sich bekundet. Und nur in ihnen trifft man Mythisches auch im Gehalt, nicht allein in den Stoffen an. Sie vermögen im Zusammenhange dieses Lebens wohl als gültiges Zeugnis seines letzten Ablaufs angesehen zu werden. Ihre bezeugende Kraft gilt nicht allein und nicht im tiefsten der mythischen Welt im Dasein Goethes. Es ist in ihm ein Ringen um die Lösung aus deren Umklammerung und dieses Ringen nicht weniger als das Wesen jener Welt ist in dem Goetheschen Romane bezeugt. In der ungeheuern Grunderfahrung von den mythischen Mächten, daß Versöhnung mit ihnen nicht zu gewinnen sei, es sei denn durch die Stetigkeit des Opfers, hat sich Goethe gegen dieselben aufgeworfen. War es der ständig erneuerte, in innerer Verzagtheit, doch mit eisernem Willen unternommene Versuch seines Mannesalters, jenen mythischen Ordnungen überall da sich zu untergeben, wo sie noch herrschen, ja an seinem Teil ihre Herrschaft zu festigen, wie nur immer ein Diener der Machthaber dies tut, so brach nach der letzten und schwersten Unterwerfung, zu der er sich vermochte, nach der Kapitulation in seinem mehr als dreißigjährigen Kampfe gegen die Ehe, die ihm als Sinnbild mythischer Verhaftung drohend schien, dieser Versuch zusammen und ein Jahr nach seiner Eheschließung, die in

Tagen schicksalhaften Drängens sich ihm aufgenötigt hatte, begann er die Wahlverwandtschaften, mit welchen er den ständig mächtiger in seinem spätern Werk entfalteten Protest gegen jene Welt einlegte, mit der sein Mannesalter den Pakt geschlossen hatte. Die Wahlverwandtschaften sind in diesem Werk eine Wende. Es beginnt mit ihnen die letzte Reihe seiner Hervorbringungen, von deren keiner mehr er sich ganz abzulösen vermocht hat, weil bis ans Ende ihr Herzschlag in ihm lebendig blieb. So versteht sich das Ergreifende in der Tagebucheintragung von 1820, daß er die „Wahlverwandtschaften zu lesen angefangen", so auch die sprachlose Ironie einer Szene, die Heinrich Laube überliefert: „Eine Dame äußerte gegen Goethe über die Wahlverwandtschaften: Ich kann dieses Buch durchaus nicht billigen, Herr von Goethe; es ist wirklich unmoralisch und ich empfehle es keinem Frauenzimmer. – Darauf hat Goethe eine Weile ganz ernsthaft geschwiegen und endlich mit vieler Innigkeit gesagt: Das tut mir leid, es ist doch mein bestes Buch." Jene letzte Reihe der Werke bezeugt und begleitet die Läuterung, welche keine Befreiung mehr sein durfte. Vielleicht weil seine Jugend aus der Not des Lebens oft allzu behende Flucht ins Feld der Dichtkunst ergriffen hatte, hat das Alter in furchtbar strafender Ironie Dichtung als Gebieterin über sein Leben gestellt. Goethe beugte sein Leben unter die Ordnungen, die es zur Gelegenheit seiner Dichtungen machten. Diese moralische Bewandtnis hat es mit seiner Kontemplation der Sachgehalte im späten Alter. Die drei großen Dokumente solcher maskierten Buße wurden Wahrheit und Dichtung, der westöstliche Divan und der zweite Teil des Faust. Die Historisierung seines Lebens, wie sie Wahrheit und Dichtung zuerst, später den Tag- und Jahresheften zufiel, hatte zu bewahrheiten und zu erdichten, wie sehr dieses Leben Urphänomen eines poetisch gehaltvollen, des Lebens voller Stoffe und Gelegenheiten für „den Dichter" gewesen sei. Gelegenheit der Poesie, von welcher hier die Rede ist, ist nicht nur etwas anderes als das Erlebnis, das die neuere Konvention der dichterischen Erfindung zum Grunde legt, sondern das genaue Gegenteil davon. Was sich durch die Literaturgeschichten als die Phrase forterbt, die Goethesche Poesie sei „Gelegenheitsdichtung" gewesen, meint: Erlebnisdichtung und hat damit, was die letzten und größten Werke betrifft, das Gegenteil von der Wahrheit gesagt. Denn die Gelegenheit gibt den Gehalt und das Erlebnis hinterläßt nur ein Gefühl. Verwandt und ähnlich dem Verhältnis dieser beiden ist das der Worte Genius und Genie. Im Munde der Modernen läuft das letztere auf einen Titel hinaus, der, wie sie sich auch stellen mögen, nie sich eignen wird, das Verhältnis eines Menschen zur Kunst als ein wesentliches zu treffen. Das gelingt dem Worte Genius und die Hölderlinschen Verse verbürgen es: „Sind denn nicht dir bekannt viele Lebendigen? |

Geht auf Wahrem dein Fuß nicht, wie auf Teppichen? | Drum, mein Genius! tritt nur | Baar ins Leben und sorge nicht! | Was geschiehet, es sei alles gelegen dir!" Genau das ist die antike Berufung des Dichters, welcher von Pindar bis Meleager, von den isthmischen Spielen bis zu einer Liebesstunde, nur verschieden hohe, als solche aber stets würdige Gelegenheiten für seinen Gesang fand, den auf Erlebnisse zu gründen ihm daher nicht beifallen konnte. So ist denn der Erlebnisbegriff nichts anderes als die Umschreibung jener auch vom sublimsten, weil immer noch gleich feigen Philisterium ersehnten Folgenlosigkeit des Gesanges, welcher, der Beziehung auf Wahrheit beraubt, die schlafende Verantwortung nicht zu wecken vermag. Goethe war im Alter tief genug in das Wesen der Poesie eingedrungen, um schauernd jede Gelegenheit des Gesanges in der Welt, die ihn umgab, zu vermissen und doch jenen Teppich des Wahren einzig beschreiten zu wollen. Spät stand er an der Schwelle der deutschen Romantik. Ihm war der Zugang zur Religion in Form irgend einer Bekehrung, der Hinwendung zu einer Gemeinschaft nicht erlaubt, wie er Hölderlin nicht erlaubt war. Sie verabscheute Goethe bei den Frühromantikern. Aber die Gesetze, denen jene in der Bekehrung und damit im Erlöschen ihres Lebens vergeblich zu genügen suchten, entfachten in Goethe, der ihnen gleichfalls sich unterwerfen mußte, die allerhöchste Flamme seines Lebens. Die Schlacken jeder

Leidenschaft verbrannten in ihr, und so vermochte er im Briefwechsel bis an sein Lebensende die Liebe zu Marianne so schmerzlich nahe sich zu halten, daß mehr als ein Jahrzehnt nach jener Zeit, in welcher sich ihre Neigung erklärte, jenes vielleicht gewaltigste Gedicht des Divan entstehen konnte: „Nicht mehr auf Seidenblatt | Schreib' ich symmetrische Reime". Und das späteste Phänomen solcher dem Leben, ja zuletzt der Lebensdauer gebietenden Dichtung war der Abschluß des Faust. Sind in der Reihe dieser Alterswerke das erste die Wahlverwandtschaften, so muß bereits in ihnen, wie dunkel darin der Mythos auch walte, eine reinere Verheißung sichtbar sein. Aber einer Betrachtung wie der Gundolfschen wird sie sich nicht erschließen. Sie so wenig wie die der übrigen Autoren gibt sich Rechenschaft von der Novelle, von den „wunderlichen Nachbarskindern".

Die Wahlverwandtschaften selbst sind anfänglich als Novelle im Kreise der Wanderjahre geplant worden, doch drängte sie ihr Wachstum aus ihm heraus. Aber die Spuren des ursprünglichen Formgedankens haben sich trotz allem erhalten, was das Werk zum Roman werden ließ. Nur die völlige Meisterschaft Goethes, welche darin auf einem Gipfel sich zeigt, wußte es zu verhindern, daß die eingeborne novellistische Tendenz die Romanform zerbrochen hätte. Mit Gewalt erscheint der Zwiespalt gebändigt und die Einheit erreicht, indem er die Form des Romans durch die der Novelle gleichsam veredelt. Der bezwingende Kunstgriff, der dies vermochte und der sich gleich gebieterisch von seiten des Gehalts her aufdrang, liegt darin, daß der Dichter die Teilnahme des Lesers in das Zentrum des Geschehens selbst hineinzurufen verzichtet. Indem nämlich dieses der unmittelbaren Intention des Lesers so durchaus unzugänglich bleibt, wie es am deutlichsten der unvermutete Tod der Ottilie beleuchtet, verrät sich der Einfluß der Novellenform auf die des Romans und gerade in der Darstellung dieses Todes auch am ehesten ein Bruch, wenn zuletzt jenes Zentrum, das in der Novelle sich bleibend verschließt, mit verdoppelter Kraft sich bemerkbar macht. Der gleichen Formtendenz mag angehören, worauf schon R. M. Meyer hingewiesen hat, daß die Erzählung gerne Gruppen stellt. Und zwar ist deren Bildlichkeit grundsätzlich unmalerisch; sie darf plastisch, vielleicht stereoskopisch genannt werden. Auch sie erscheint novellistisch. Denn wenn der Roman wie ein Maelstrom den Leser unwiderstehlich in sein Inneres zieht, drängt die Novelle auf den Abstand hin, drängt aus ihrem Zauberkreise jedweden Lebenden hinaus. Darin sind die Wahlverwandtschaften trotz ihrer Breite novellistisch geblieben. Sie sind an Nachhaltigkeit des Ausdrucks nicht der in ihnen enthaltenen eigentlichen Novelle überlegen. In ihnen ist eine Grenzform geschaffen, und durch diese stehn sie von andern Romanen weiter entfernt als jene unter sich. Im „Meister und in den Wahlverwandtschaften wird der künstlerische Stil durchaus dadurch bestimmt, daß wir überall den Erzähler fühlen. Es fehlt hier der formal-künstlerische Realismus ..., der die Ereignisse und Menschen auf sich selber stellt, so daß sie, wie von der Bühne, nur als ein unmittelbares Dasein wirken; vielmehr, sie sind wirklich eine >Erzählung<, die von dem dahinter stehenden, fühlbaren Erzähler getragen wird ... die Goetheschen Romane laufen innerhalb der Kategorien des >Erzählers< ab“. „Vorgetragen“ nennt Simmel sie ein andermal. Wie immer diese Erscheinung, die ihm nicht mehr analysierbar erscheint, für den Wilhelm Meister sich erklären mag, in den Wahlverwandtschaften rührt sie daher, daß Goethe sich mit Eifersucht es vorbehält, im Lebenskreise seiner Dichtung ganz allein zu walten. Eben dergleichen Schranken gegen den Leser kennzeichnen die klassische Form der Novelle, Boccaccio gibt den seinigen einen Rahmen, Cervantes schreibt ihnen eine Vorrede. So sehr sich also in den Wahlverwandtschaften die Form des Romans selbst betont, eben diese Betonung und dieses Übermaß von Typus und Kontur verrät sie als novellistisch.

Nichts konnte den Rest von Zweideutigkeit der ihr verbleibt unscheinbarer machen, als die Einfügung einer Novelle, die, je mehr das Hauptwerk gegen sie als gegen ein reines Vorbild ihrer Art sich abhob, desto ähnlicher es einem eigentlichen Roman erscheinen lassen mußte. Darauf beruht die Bedeutung, welche für die Komposition den „wunderlichen

Nachbarskindern“ eignet, die als eine Musternovelle, selbst wo sich die Betrachtung auf die Form beschränkt, zu gelten haben. Auch hat nicht minder, ja gewissermaßen mehr noch als den Roman, Goethe sie als exemplarisch hinstellen wollen. Denn obwohl des Ereignisses, von dem sie berichtet, im Roman selbst als eines wirklichen gedacht wird, ist die Erzählung dennoch als Novelle bezeichnet. Sie soll als „Novelle“ ebenso entschieden wie das Hauptwerk als „Ein Roman“ gelten. Aufs deutlichste tritt an ihr die gedachte Gesetzmäßigkeit ihrer Form, die Unberührbarkeit des Zentrums, will sagen das Geheimnis als ein Wesenszug hervor. Denn Geheimnis ist in ihr die Katastrophe, als das lebendige Prinzip der Erzählung in die Mitte versetzt, während im Roman ihre Bedeutung, als die des abschließenden Geschehens phänomenal bleibt. Die belebende Kraft dieser Katastrophe ist, wiewohl so manches im Roman ihr entspricht, so schwer zu ergründen, daß für die ungeleitete Betrachtung die Novelle nicht weniger selbständig, doch auch kaum minder rätselhaft erscheint als „Die pilgernde Törin“. Und doch waltet in dieser Novelle das helle Licht. Alles steht, scharf umrissen, von Anfang an auf der Spitze. Es ist der Tag der Entscheidung, der in den dämmerhaften Hades des Romans hereinscheint. So ist denn die Novelle prosaischer als der Roman. In einer Prosa höhern Grades tritt sie ihm entgegen. Dem entspricht die echte Anonymität in ihren Gestalten und die halbe, unentschiedene in denen des Romans.

Während im Leben der letztern eine Zurückgezogenheit waltet, die die verbürgte Freiheit ihres Tuns vollendet, treten die Gestalten der Novelle von allen Seiten eng umschränkt von ihrer Mitwelt, ihren Angehörigen, auf. Ja wenn Ottilie dort auf das Drängen des Geliebten mit dem väterlichen Medaillon sich sogar der Erinnerung an die Heimat entäußert, um ganz der Liebe geweiht zu sein, so fühlen sich hier selbst die Vereinten von dem elterlichen Segen nicht unabhängig. Dies Wenige bezeichnet die Paare im tiefsten. Denn gewiß ist, daß die Liebenden aus der Bindung des Elternhauses mündig heraustreten, aber nicht minder, daß sie dessen innerliche Macht wandeln, indem, sollte selbst ein jeder für sich darinnen verharren, der andere ihn mit seiner Liebe darüber hinausträgt. Gibt es anders überhaupt für Liebende ein Zeichen, so dies, daß für einander nicht allein der Abgrund des Geschlechts, sondern auch jener der Familie sich geschlossen hat. Damit solche liebende Anschauung giltig sei, darf sie dem Anblick, gar dem Wissen von Eltern nicht schwachmütig sich entziehen, wie es Eduard gegen Ottilie tut. Die Kraft der Liebenden triumphiert darin, daß sie sogar die volle Gegenwart der Eltern beim Geliebten überblendet. Wie sehr sie fähig sind, in ihrer Strahlung aus allen Bindungen einander zu lösen, das ist in der Novelle durch das Bild der Gewänder gesagt, in denen die Kinder von ihren Eltern kaum mehr erkannt werden. Nicht zu diesen allein, auch zu der übrigen Mitwelt treten die Liebenden der Novelle in ein Verhältnis. Und während für die Gestalten des Romans die Unabhängigkeit nur umso strenger die zeitliche und örtliche Verfallenheit ans Schicksal besiegelt, birgt es den andern die unschätzbarste Gewähr, daß mit dem Höhepunkt der eigenen Not den Fahrtgenossen die Gefahr droht zu scheitern. Es spricht daraus, daß selbst das Äußerste die beiden nicht aus dem Kreis der Ihrigen ausstößt, indes die formvollendete Lebensart der Romanfiguren nichts dawider vermag, daß, bis das Opfer fällt, ein jeder Augenblick sie unerbittlicher aus der Gemeinschaft der Friedlichen ausschließt. Ihren Frieden erkaufen die Liebenden in der Novelle nicht durch das Opfer. Daß der Todessprung des Mädchens jene Meinung nicht hat, ist aufs zarteste und genaueste vom Dichter bedeutet. Denn nur dies ist die geheime Intention, aus der sie den Kranz dem Knaben zuwirft: es auszusprechen, daß sie nicht „in Schönheit sterben", im Tode nicht wie Geopferte bekränzt sein will. Der Knabe, wie er nur fürs Steuern Augen hat, bezeugt von seiner Seite, daß er nicht, sei's wissend oder ahnungslos, an dem Vollzug, als wäre er ein Opfer, seinen Teil hat. Weil diese Menschen nicht um einer falsch erfaßten Freiheit willen alles wagen, fällt unter ihnen kein Opfer, sondern in ihnen die Entscheidung. In der Tat ist Freiheit so deutlich aus des Jünglings rettendem Entschluß entfernt wie Schicksal. Das chimärische Freiheitsstreben ist es, das über die Gestalten des Romans das Schicksal heraufbeschwört. Die Liebenden in der Novelle stehen jenseits von beiden und ihre mutige Entschließung genügt, ein Schicksal zu zerreißen, das sich über ihnen ballen, und eine Freiheit zu durchschauen, die sie in das Nichts der Wahl herabziehn wollte. Dies ist in den Sekunden der Entscheidung der Sinn ihres Handelns. Beide tauchen hinab in den lebendigen Strom, dessen segensreiche Gewalt nicht minder groß in diesem Geschehen erscheint, als die todbringende Macht der stehenden Gewässer im andern. Durch eine Episode des letzteren erhellt auch die befremdliche Vermummung in die vorgefundenen Hochzeitskleider sich völlig. Dort nämlich nennt Nanny das für Ottilie bereitliegende Totenhemd ihr Brautgewand. So ist es denn wohl erlaubt, demgemäß den seltsamen Zug der Novelle auszulegen und – auch ohne vielleicht auffindbare mythische Analogien – die Brautgewänder dieser Liebenden als umgewandelte und nunmehr todgefeite Sterbekleider zu erkennen. Die gänzliche Geborgenheit des Daseins, das zuletzt sich ihnen eröffnet, ist auch sonst bezeichnet. Nicht allein indem die Gewandung sie den Freunden verbirgt, sondern vor allem durch das große Bild des am Orte ihrer Vereinigung landenden Schiffes wird das Gefühl erregt, daß sie kein Schicksal mehr haben und da stehen, wohin die andern einmal gelangen sollen.

Mit alledem darf als unumstößlich gewiß betrachtet werden, daß im Bau der Wahlverwandtschaften dieser Novelle eine beherrschende Bedeutung zukommt. Wenn auch erst in dem vollen Licht der Haupterzählung all ihre Einzelheiten sich erschließen, bekunden die genannten unverkennbar: den mythischen Motiven des Romans entsprechen jene der Novelle als Motive der Erlösung. Also darf, wenn im Roman das Mythische als Thesis angesprochen wird, in der Novelle die Antithesis gesehen werden. Hierauf deutet ihr Titel. „Wunderlich" nämlich müssen jene Nachbarskinder am meisten den Romangestalten scheinen, die sich denn auch mit tiefverletztem Gefühl von ihnen abwenden. Eine Verletzung, die Goethe, der geheimen und vielleicht in vielem sogar ihm verborgenen Bewandtnis der Novelle gemäß, auf äußerliche Weise motivierte, ohne ihr damit die innere Bedeutung zu nehmen. Während schwächer und stummer, doch in voller Lebensgröße jene Gestalten im Blick des Lesers verharren, verschwinden die Vereinten der Novelle unter dem Bogen einer letzten rhetorischen Frage gleichsam in der unendlich fernen Perspektive. Sollte nicht in der Bereitschaft zum Entfernen und Verschwinden Seligkeit, die Seligkeit im Kleinen angedeutet sein, die Goethe später zum einzigen Motiv der „Neuen Melusine" gemacht hat?

III

Eh ihr den leib ergreift auf diesem sterne
Erfind ich euch den traum bei ewigen sternen.
George

Der Anstoß, den an jeder Kunstkritik unter dem Vorwand, sie trete dem Werk zu nahe, diejenigen nehmen, welche nicht das Nachbild ihrer eigenliebenden Verträumtheit in ihr finden, bezeugt so viel Unwissenheit von dem Wesen der Kunst, daß eine Zeit, der deren streng bestimmter Ursprung mehr und mehr lebendig wird, ihm keine Widerlegung schuldet. Dennoch ist ein Bild, das der Empfindsamkeit den bündigsten Bescheid erteilt, vielleicht erlaubt. Man setze, daß man einen Menschen kennen lerne, der schön und anziehend ist, aber verschlossen, weil er ein Geheimnis mit sich trägt. Es wäre verwerflich, in ihn dringen zu wollen. Wohl aber ist es erlaubt zu forschen, ob er Geschwister habe und ob deren Wesen vielleicht das Rätselhafte des Fremden in etwas erkläre. Ganz so forscht die Kritik nach Geschwistern des Kunstwerks. Und alle echten Werke haben ihre Geschwister im Bereiche der Philosophie. Sind doch eben jene die Gestalten, in welchen das Ideal ihres Problems erscheint. – Die Ganzheit der Philosophie, ihr System, ist von höherer Mächtigkeit als der Inbegriff ihrer sämtlichen Probleme es fordern kann, weil die Einheit in der Lösung ihrer aller nicht erfragbar ist. Wäre nämlich die Einheit in der Lösung aller Probleme selbst erfragbar, so würde alsbald mit Hinsicht auf die Frage, welche sie erfragt, die neue sich einstellen, worin die Einheit ihrer Beantwortung mit der von allen übrigen beruhe. Daraus folgt, daß es keine Frage gibt, welche die Einheit der Philosophie erfragend umspannt. Den Begriff dieser nichtexistenten Frage, welche die Einheit der Philosophie erfragt, bezeichnet in der Philosophie das Ideal des Problems. Wenn aber auch das System in keinem Sinne ertragbar ist, so gibt es doch Gebilde, die, ohne Frage zu sein, zum Ideal des Problems die tiefste Affinität haben. Es sind die Kunstwerke. Nicht mit der Philosophie selbst konkurriert das Kunstwerk, es tritt lediglich zu ihr ins genaueste Verhältnis durch seine Verwandtschaft mit dem Ideal des Problems. Und zwar kann, einer Gesetzlichkeit nach, die im Wesen des Ideals überhaupt gründet, dieses einzig in einer Vielheit sich darstellen. Nicht aber in einer Vielheit von Problemen erscheint das Ideal des Problems. Vielmehr liegt es vergraben in jener der Werke und seine Förderung ist das Geschäft der Kritik. Sie läßt im Kunstwerk das Ideal des Problems in Erscheinung, in eine seiner Erscheinungen treten. Denn das, was sie zuletzt in jenem aufweist, ist die virtuelle Formulierbarkeit seines Wahrheitsgehalts als höchstem philosophischen Problems; wovor sie aber, wie aus Ehrfurcht vor dem Werk, gleich sehr jedoch aus Achtung vor der Wahrheit innehält, das ist eben diese Formulierung selbst. Wäre doch jene Formulierbarkeit allein, wenn das System erfragbar wäre, einzulösen und würde damit aus einer Erscheinung des Ideals sich in den nie gegebenen Bestand des Ideals selbst verwandeln. So aber sagt sie einzig, daß die Wahrheit in einem Werke zwar nicht als erfragt, doch als erfordert sich erkennen würde. Wenn es also erlaubt ist zu sagen, alles Schöne beziehe sich irgendwie auf das Wahre und sein virtueller Ort in der Philosophie sei bestimmbar, so heißt dies, in jedem wahren Kunstwerk lasse eine Erscheinung von dem Ideal des Problems sich auffinden. Daraus ergibt sich, daß von dort an, wo die Betrachtung von den Grundlagen des Romans zur Anschauung seiner Vollkommenheit sich erhebt, die Philosophie statt des Mythos sie zu führen berufen ist. –

Damit tritt die Gestalt der Ottilie hervor. Scheint doch in dieser am sichtbarsten der Roman der mythischen Welt zu entwachsen. Denn wenn sie auch als Opfer dunkler Mächte fällt, so ist's doch eben ihre Unschuld, welche sie, der alten Forderung gemäß, die vom Geopferten Untadeligkeit verlangt, zu diesem furchtbaren Geschick bestimmt. Zwar stellt in dieser Mädchengestalt nicht die Keuschheit, soweit sie aus der Geistigkeit entspringen mag, sich dar – vielmehr begründet solche Unberührbarkeit bei der Luciane nahezu einen Tadel – jedoch ihr ganz natürliches Gebaren macht trotz vollkommener Passivität, die der Ottilie im Erotischen sowie in jeder anderen Sphäre eignet, diese bis zur Entrücktheit unnahbar. In seiner aufdringlichen Art sagt auch das Wernersche Sonett es an: Die Keuschheit dieses Kindes hütet kein Bewußtsein. Aber ist ihr Verdienst nicht nur umso größer? Wie tief sie im natürlichen Wesen des Mädchens gründet, stellt Goethe in den Bildern dar, in denen er sie mit dem Christusknaben und mit Charlottens totem Kind im Arme zeigt. Zu beiden kommt Ottilie ohne Gatten. Jedoch der Dichter hat noch mehr hiermit gesagt. Denn das „lebende“ Bild, das die Anmut und die aller Sittenstrenge überlegene Reinheit der Gottesmutter darstellt, ist eben das künstliche. Dasjenige, das die Natur nur wenig später bietet, zeigt den toten Knaben. Und gerade dies enthüllt das wahre Wesen jener Keuschheit, deren sakrale Unfruchtbarkeit an sich selbst in nichts über der unreinen Verworrenheit der Sexualität steht, die die zerfallenen Gatten zueinander führt und deren Recht allein darin waltet, eine Vereinigung hintanzuhalten, in der sich Mann und Frau verlieren müßten. In Ottiliens Erscheinung aber beansprucht diese Keuschheit bei weitem mehr. Sie ruft den Schein einer Unschuld des natürlichen Lebens hervor. Die heidnische wenn auch nicht mythische Idee dieser Unschuld verdankt zumindest ihre äußerste und folgenreichste Formulierung im Ideal der Jungfräulichkeit dem Christentum. Wenn die Gründe einer mythischen Urschuld im bloßen

Lebenstrieb der Sexualität zu suchen sind, so sieht der christliche Gedanke ihren Widerpart, wo jener am meisten von drastischem Ausdruck entfernt ist: im Leben der Jungfrau. Aber diese klare wenn auch nicht klar bewußte Intention schließt einen folgenschweren Irrtum ein. Zwar gibt es, wie eine natürliche Schuld, so eine natürliche Unschuld des Lebens. Diese letztere aber ist nicht an die Sexualität – und sei es verneinend – sondern einzig an ihren Gegenpol den – gleichermaßen natürlichen – Geist gebunden. Wie das sexuelle Leben des Menschen der Ausdruck einer natürlichen Schuld werden kann, so sein geistiges, bezogen auf die Einheit seiner gleichviel wie beschaffenen Individualität, der Ausdruck einer natürlichen Unschuld. Diese Einheit individualen geistigen Lebens ist der Charakter. Die Eindeutigkeit als sein konstitutives Wesensmoment unterscheidet ihn vom Dämonischen aller rein sexuellen Phänomene. Einem Menschen einen komplizierten Charakter zusprechen kann nur heißen, ihm, sei es wahrheitsgemäß, sei es zu Unrecht, den Charakter absprechen, indessen für jede Erscheinung des bloßen sexuellen Lebens das Siegel ihrer Erkenntnis die Einsicht in die Zweideutigkeit ihrer Natur bleibt. Dies erweist sich auch an der Jungfräulichkeit. Vor allem liegt die Zweideutigkeit ihrer Unberührtheit zu Tage. Denn eben das, was als das Zeichen innerer Reinheit gedacht wird, ist der Begierde das Willkommenste. Aber auch die Unschuld der

Unwissenheit ist zweideutig. Denn auf ihrem Grunde geht die Neigung unversehens in die als sündhaft gedachte Begierde über. Und eben diese Zweideutigkeit kehrt höchst bezeichnender Weise in dem christlichen Symbol der Unschuld, in der Lilie, wieder. Die strengen Linien des Gewächses, das Weiß des Blütenkelches verbinden sich mit den betäubend süßen, kaum mehr vegetabilen Düften. Diese gefährliche Magie der Unschuld hat der Dichter der Ottilie mitgegeben und sie ist aufs engste dem Opfer verwandt, das ihr Tod zelebriert. Denn eben indem sie dergestalt unschuldig erscheint, verläßt sie nicht den Bannkreis seines Vollzugs. Nicht Reinheit sondern deren Schein verbreitet sich mit solcher Unschuld über ihre Gestalt. Es ist die Unberührbarkeit des Scheins, die sie dem Geliebten entrückt. Dergleichen scheinhafte Natur ist auch im Wesen der Charlotte angedeutet, das völlig rein und unanfechtbar nur erscheint, während in Wahrheit die Untreue gegen den Freund es entstellt. Selbst in ihrer Erscheinung als Mutter und Hausfrau, in der Passivität ihr wenig ansteht, mutet sie schemenhaft an. Und doch stellt sich nur um den Preis dieser Unbestimmtheit in ihr das Adlige dar. Ottilien, welche unter Schemen der einzige Schein ist, ist sie demnach im tiefsten nicht unähnlich. Wie es denn überhaupt unerläßlich für die Einsicht in dieses Werk ist, seinen Schlüssel nicht im Gegensatz der vier Partner sondern in dem zu suchen, worin sie gleichermaßen von den Liebenden der Novelle sich unterscheiden. Die Gestalten der Haupterzählung haben ihren Gegensatz weniger als Einzelne denn als Paare.

Hat an jener echten natürlichen Unschuld, welche gleich wenig mit der zweideutigen Unberührtheit zu schaffen hat wie mit der seligen Schuldlosigkeit, das Wesen der Ottilie seinen Anteil? Hat sie Charakter? Ist ihre Natur, nicht so dank eigener Offenherzigkeit als kraft des freien und erschlossenen Ausdrucks, klar vor Augen? Das Gegenteil von all dem bezeichnet sie. Sie ist verschlossen – mehr als das, all ihr Tun und Sagen vermag nicht, ihrer Verschlossenheit sie zu entäußern. Pflanzenhaftes Stummsein, wie es so groß aus dem Daphne-Motiv der flehend gehobenen Hände spricht, liegt über ihrem Dasein und verdunkelt es noch in den äußersten Nöten, die sonst bei jedem es ins helle Licht setzen. Ihr Entschluß zum Sterben bleibt nicht nur vor den Freunden bis zuletzt geheim, er scheint in seiner völligen Verborgenheit auch für sie selbst unfaßbar sich zu bilden. Und dies rührt an die Wurzel seiner Moralität. Denn wenn irgendwo, so zeigt sich im Entschluß die moralische Welt vom Sprachgeist erhellt. Kein sittlicher Entschluß kann ohne sprachliche Gestalt, und streng genommen, ohne darin Gegenstand der Mitteilung geworden zu sein, ins Leben treten. Daher wird, in dem vollkommenen Schweigen der Ottilie, die Moralität des Todeswillens, welcher sie beseelt, fragwürdig. Ihm liegt in Wahrheit kein Entschluß zugrunde sondern ein Trieb. Daher ist nicht, wie sie es zweideutig auszusprechen scheint, ihr Sterben heilig. Wenn sie aus ihrer „Bahn“ geschritten sich erkennt, so kann dies Wort in Wahrheit einzig heißen, daß nur der Tod sie vor dem innern Untergange bewahren kann. Und so ist er wohl Sühne im Sinne des Schicksals, nicht jedoch die heilige Entsühnung, welche nie der freie, sondern nur der göttlich über ihn verhängte Tod dem Menschen werden kann. Ottiliens ist, wie ihre Unberührtheit, nur der letzte Ausweg der Seele, welche vor dem Verfallensein entflieht. In ihrem Todestriebe spricht die Sehnsucht nach Ruhe. Wie gänzlich er Natürlichem in ihr entspringt, hat Goethe nicht zu bezeichnen verfehlt. Wenn Ottilie stirbt indem sie sich die Nahrung entzieht, so hat er im Roman es ausgesprochen, wie sehr ihr auch in glücklicheren Zeiten oft Speise widerstanden hat. Nicht so sehr darum ist das Dasein der Ottilie, das Gundolf heilig nennt, ein ungeheiligtes, weil sie sich gegen eine Ehe, die zerfällt, vergangen hätte, als weil sie, im Scheinen und im Werden schicksalhafter Gewalt bis zum Tod unterworfen, entscheidungslos ihr Leben dahinlebt. Dieses ihr schuldig-schuldloses Verweilen im Raume des Schicksals leiht ihr vor flüchtigen Blicken das Tragische. So kann Gundolf von dem „Pathos dieses Werkes“ sprechen „nicht minder tragisch erhaben und erschütternd als das, aus dem der Sophokleische Ödipus stammt“. Vor ihm schon ähnlich Francois-Poncet in seinem schalen aufgeschwemmten Buche über die „affinites electives“. Und doch ist dies das falscheste Urteil. Denn im tragischen Worte des Helden ist der Grat der Entscheidung erstiegen, unter dem Schuld und Unschuld des Mythos sich als Abgrund verschlingen. Jenseits von Verschuldung und Unschuld ist das Diesseits von Gut und Böse gegründet, das dem Helden allein, doch niemals dem zagenden Mädchen erreichbar ist. Darum ist es leeres Reden, ihre „tragische Läuterung“ zu rühmen. Untragischer kann nichts ersonnen werden als dieses trauervolle Ende.

Aber nicht allein darin gibt sich der sprachlose Trieb zu erkennen; haltlos erscheint auch ihr Leben, wenn es der Lichtkreis moralischer Ordnungen trifft. Doch nur gänzliche Anteillosigkeit an dieser Dichtung scheint dafür dem Kritiker Augen gelassen zu haben. So blieb es dem hausbacknen Verstand Julian Schmidts vorbehalten, die Frage zu stellen, die doch dem Unbefangenen am ersten dem Geschehen gegenüber sich einstellen müßte. „Es wäre nichts dagegen zu sagen gewesen, wenn die Leidenschaft stärker gewesen wäre als das Gewissen, aber wie begreift sich dies Verstummen des Gewissens?“ „Ottilie begeht eine Schuld, sie empfindet sie später sehr tief, tiefer als nötig; aber wie geht es zu, daß sie es nicht vorher empfindet? ... Wie ist es möglich, daß eine so wohl geschaffene und so wohl erzogene Seele wie Ottilie sein soll, nicht empfindet, daß sie durch die Art ihres Benehmens gegen Eduard ein Unrecht an Charlotte, ihrer Wohltäterin begeht?“

Keine Einsicht in die innersten Zusammenhänge des Romans kann das plane Recht dieser Frage entkräften. Das Verkennen ihrer zwingenden Natur läßt das Wesen des Romans im Dunkeln. Denn dies Schweigen der moralischen Stimme ist nicht, wie die gedämpfte Sprache der Affekte, als ein Zug der Individualität zu fassen. Es ist keine Bestimmung innerhalb der Grenzen menschlichen Wesens. Mit diesem Schweigen hat verzehrend im Herzen des edelsten Wesens sich der Schein angesiedelt. Und seltsam gemahnt das an die Schweigsamkeit Minna Herzliebs, welche geisteskrank im Alter gestorben ist. Alle sprachlose Klarheit des Handelns ist scheinhaft und in Wahrheit ist das Innere so sich Bewahrender ihnen selbst nicht weniger als andern verdunkelt. In ihrem Tagebuche allein scheint zuletzt sich noch Ottiliens menschliches Leben zu regen. Ist doch all ihr sprachbegabtes Dasein mehr und mehr in diesen stummen Niederschriften zu suchen. Doch auch sie bauen nur das Denkmal für eine Erstorbene. Ihr Offenbaren von Geheimnissen, welche der Tod allein entsiegeln dürfte, gewöhnt an den Gedanken ihres Hinscheidens; und sie deuten auch, indem sie jene Schweigsamkeit der Lebenden bekunden, auf ihr völliges Verstummen voraus. Sogar in ihre geistige, entrückte Stimmung dringt das Scheinhafte, das in dem Leben der Schreiberin waltet. Denn wenn es die Gefahr des Tagebuches überhaupt ist, allzufrühe die Keime der Erinnerung in der Seele aufzudecken und das Reifen ihrer

Früchte zu vereiteln, so muß sie notwendig verhängnisvoll dort werden, wo in ihm allein das geistige Leben sich ausspricht. Und doch stammt zuletzt alle Kraft verinnerlichten Daseins aus Erinnerung. Erst sie verbürgt der Liebe ihre Seele. Die atmet in dem Goetheschen Erinnern: „Ach, Du warst in abgelebten Zeiten | Meine Schwester oder meine Frau". Und wie in solchem Bunde selbst die Schönheit als Erinnerung sich überdauert, so ist sie auch im Blühen wesenlos ohne diese. Das bezeugen die Worte des Platonischen Phaedrus: „Wer nun erst frisch von der Weihe kommt und einer von denen ist, die dort im Jenseits viel erschauten, der, wenn er ein göttliches Antlitz, welches die Schönheit wohl nachbildet oder eine Körpergestalt erblickt, wird zunächst, der damals erlebten Bedrängnis gedenkend, von Bestürzung befallen, dann aber recht zu ihr hintretend, erkennt er ihr Wesen und verehrt sie wie einen Gott, denn die Erinnerung zur Idee der Schönheit erhoben schaut diese wiederum neben der Besonnenheit auf heiligem Boden stehend." Ottiliens Dasein weckt solche Erinnerung nicht, in ihm bleibt wirklich Schönheit das Erste und Wesentliche. All ihr günstiger „Eindruck geht nur aus der Erscheinung hervor; trotz der zahlreichen Tagebuchblätter bleibt ihr inneres Wesen verschlossen, verschlossener als irgend eine weibliche Figur Heinrich von Kleists". In dieser Einsicht begegnet sich Julian Schmidt mit einer alten Kritik, die mit sonderbarer Bestimmtheit sagt: „Diese Ottilie ist nicht ein echtes Kind von des Dichters Geiste, sondern sündhafter Weise erzeugt, in doppelter Erinnerung an Mignon und an ein altes Bild von Masaccio oder Giotto". In der Tat sind in Ottiliens Gestalt die Grenzen der Epik gegen die Malerei überschritten. Denn die Erscheinung des Schönen als des wesentlichen Gehaltes in einem Lebendigen liegt jenseits des epischen Stoffkreises. Und doch steht sie im Zentrum des Romans. Denn es ist nicht zu viel gesagt, wenn man die Überzeugung von Ottiliens Schönheit als Grundbedingung für den Anteil am Roman bezeichnet. Diese Schönheit darf, solange seine Welt Bestand hat, nicht verschwinden: der Sarg, in dem das Mädchen ruht, wird nicht geschlossen. Sehr weit hat Goethe sich in diesem Werk von dem berühmten Homerischen Vorbild für die epische Darstellung der Schönheit entfernt. Denn nicht allein zeigt selbst die Helena in ihrem Spott gegen Paris sich entschiedner, als je in ihren Worten die Ottilie, sondern vor allem in der Darstellung von deren Schönheit ist Goethe nicht der berühmten Regel gefolgt, die aus den bewundernden Reden der auf der Mauer versammelten Greise entnommen wurde. Jene auszeichnenden Epitheta, welche, selbst gegen die Gesetze der Romanform, der Ottilie verliehen werden, dienen nur, sie aus der epischen Ebene herauszurücken, in welcher der Dichter waltet und eine fremde Lebendigkeit ihr mitzuteilen, für die er nicht verantwortlich ist. Je ferner sie dergestalt der Homerischen Helena steht desto näher der Goetheschen. In zweideutiger Unschuld und scheinhafter Schönheit wie sie, steht sie wie sie in Erwartung des sühnenden Todes. Und Beschwörung ist ja auch bei ihrer Erscheinung im Spiel.

Der episodischen Gestalt der Griechin gegenüber wahrte Goethe die vollkommene Meisterschaft, da er in der Form dramatischer Darstellung selbst die Beschwörung durchleuchtete – wie wohl in diesem Sinne es am allerwenigsten ein Zufall scheint, daß jene Szene, in der Faust von Persephone die Helena erbitten sollte, nie geschrieben wurde. In den Wahlverwandtschaften aber ragen die dämonischen Prinzipien der Beschwörung in das dichterische Bilden selbst mitten hinein. Beschworen nämlich wird stets nur ein Schein, in Ottilien die lebendige Schönheit, welche stark, geheimnisvoll und ungeläutert als „Stoff" in gewaltigstem Sinne sich aufdrängte. So bestätigt sich das Hadeshafte, das der Dichter dem Geschehn verleiht: vor dem tiefen Grunde seiner Dichtergabe steht er wie Odysseus mit dem nackten Schwerte vor der Grube voll Blut und wie dieser wehrt er den durstigen Schatten, um nur jene zu dulden, deren karge Rede er sucht. Sie ist ein Zeichen ihres geisterhaften Ursprungs. Er ist es, der das eigentümlich Durchscheinende, mitunter Preziöse in Anlage und Ausführung hervorbringt. Jene Formelhaftigkeit, welche vor allem im Aufbau des zweiten Teiles sich findet, der zuletzt nach Vollendung der Grundkonzeption bedeutend erweitert wurde, tritt doch angedeutet auch im Stil, in seinen zahllosen Parallelismen, Komparativen und Einschränkungen hervor, wie sie der späten Goetheschen Schreibart nah liegen. In diesem Sinne äußert Görres gegen Arnim, daß in den Wahlverwandtschaften manches ihm „wie gebohnt und nicht wie geschnitzt“ vorkäme. Ein Wort, das zumal auf die Maximen der Lebensweisheit seine Anwendung finden möchte. Problematischer noch sind die Züge, welche überhaupt nicht der rein rezeptiven Intention sich erschließen können: jene Korrespondenzen, welche einzig einer vom Ästhetischen ganz abgekehrten, philologisch forschenden Betrachtung sich erschließen. Ganz gewiß greift in solchen die Darstellung ins Bereich beschwörender Formeln hinüber. Daher fehlt ihr so oft die letzte Augenblicklichkeit und Endgültigkeit der künstlerischen Belebung: die Form. In dem Roman baut diese nicht sowohl Gestalten, welche oft genug aus eigner Machtvollkommenheit formlos als mythische sich einsetzen, auf, als daß sie zaghaft, gleichsam arabeskenhaft um jene spielend, vollendet und mit höchstem Recht sie auflöst. Als Ausdruck inhärenter Problematik mag man die Wirkung des Romans ansehn. Es unterscheidet ihn von andern, die das beste Teil, wenn auch nicht stets die höchste Stufe ihrer Wirkung im unbefangenen Gefühl des Lesers finden, daß er auf dieses höchst verwirrend wirken muß. Ein trüber Einfluß, der sich in verwandten Gemütern bis zu schwärmerischem Anteil und in fremderen zu widerstrebender Verstörtheit steigern mag, war ihm von jeher eigen und nur die unbestechliche Vernunft, in deren Schutz das Herz der ungeheueren, beschwornen Schönheit dieses Werks sich überlassen darf, ist ihm gewachsen.

Beschwörung will das negative Gegenbild der Schöpfung sein. Auch sie behauptet aus dem Nichts die Welt hervorzubringen. Mit beiden hat das Kunstwerk nichts gemein. Nicht aus dem Nichts tritt es hervor sondern aus dem Chaos. Ihm jedoch wird es nicht, wie nach dem Idealismus der Emanationslehre die geschaffene Welt es tut, sich entringen. Künstlerisches Schaffen „macht" nichts aus dem Chaos, durchdringt es nicht; genau so wenig wird, wie Beschwörung dies in Wahrheit tut, aus Elementen jenes Chaos Schein sich mischen lassen. Dies bewirkt die Formel. Form jedoch verzaubert es auf einen Augenblick zur Welt. Daher darf kein Kunstwerk gänzlich ungebannt lebendig scheinen ohne bloßer Schein zu werden und aufzuhören Kunstwerk zu sein. Das in ihm wogende Leben muß erstarrt und wie in einem Augenblick gebannt erscheinen. Dies in ihm Wesende ist bloße Schönheit, bloße Harmonie, die das Chaos – und in Wahrheit eben nur dieses, nicht die Welt – durchflutet, im Durchfluten aber zu beleben nur scheint. Was diesem Schein Einhalt gebietet, die Bewegung bannt und der Harmonie ins Wort fällt ist das Ausdruckslose. Jenes Leben gründet das Geheimnis, dies Erstarren den Gehalt im Werke. Wie die Unterbrechung durch das gebietende Wort es vermag aus der Ausflucht eines Weibes die Wahrheit gerad da herauszuholen, wo sie unterbricht, so zwingt das Ausdruckslose die zitternde Harmonie einzuhalten und verewigt durch seinen Einspruch ihr Beben. In dieser Verewigung muß sich das Schöne verantworten, aber nun scheint es in eben dieser Verantwortung unterbrochen und so hat es denn die Ewigkeit seines Gehalts eben von Gnaden jenes Einspruchs. Das Ausdruckslose ist die kritische Gewalt, welche Schein vom Wesen in der Kunst zwar zu trennen nicht vermag, aber ihnen verwehrt, sich zu mischen. Diese Gewalt hat es als moralisches Wort. Im Ausdruckslosen erscheint die erhabne Gewalt des Wahren, wie es nach Gesetzen der moralischen Welt die Sprache der wirklichen bestimmt. Dieses nämlich zerschlägt was in allem schönen Schein als die Erbschaft des Chaos noch überdauert: die falsche, irrende Totalität die absolute. Dieses erst vollendet das Werk, welches es zum Stückwerk zerschlägt, zum Fragmente der wahren Welt, zum Torso eines Symbols. Eine Kategorie der Sprache und Kunst, nicht des Werkes oder der Gattungen, ist das Ausdruckslose strenger nicht definierbar, als durch eine Stelle aus Hölderlins Anmerkungen zum Ödipus, welche in ihrer über die Theorie der Tragödie hinaus für jene der Kunst schlechthin grundlegenden Bedeutung noch nicht erkannt zu sein scheint. Sie lautet: „Der tragische Transport ist nemlich eigentlich leer, und der ungebundenste. – Dadurch wird in der rhythmischen

Aufeinanderfolge der Vorstellungen, worin der Transport sich darstellt, das, was man im Sylbenmaasse Cäsur heißt, das reine Wort, die gegenrhythmische Unterbrechung notwendig, um nemlich dem reißenden Wechsel der Vorstellungen, auf seinem Summum, so zu begegnen, daß alsdann nicht mehr der Wechsel der Vorstellung, sondern die Vorstellung selber erscheint". Die „abendländische Junonische Nüchternheit", die Hölderlin einige Jahre bevor er dies schrieb als fast unerreichbares Ziel aller deutschen Kunstübung vorstellte, ist nur eine andere Bezeichnung jener Cäsur, in der mit der Harmonie zugleich jeder Ausdruck sich legt, um einer innerhalb aller Kunstmittel ausdruckslosen Gewalt Raum zu geben. Solche Gewalt ist kaum je deutlicher geworden als in der griechischen Tragödie einer-, der Hölderlinschen Hymnik andrerseits. In der Tragödie als Verstummen des Helden, in der Hymne als Einspruch im Rhythmus vernehmbar. Ja, man könnte jenen Rhythmus nicht genauer bezeichnen als mit der Aussage, daß etwas jenseits des Dichters der Dichtung ins Wort fällt. Hier liegt der Grund „warum eine Hymne selten (und mit ganzem Recht vielleicht niemals) >schön< genannt werden wird". Tritt in jener Lyrik das Ausdruckslose, so in Goethescher die Schönheit bis zur Grenze dessen hervor, was im Kunstwerk sich fassen läßt. Was jenseits dieser Grenze sich bewegt ist Ausgeburt des Wahnsinns in der einen, ist beschworene Erscheinung in der andern Richtung. Und in dieser darf die deutsche Dichtung keinen Schritt über Goethe hinaus wagen, ohne gnadenlos einer Scheinwelt anheimzufallen, deren lockendste Bilder Rudolf Borchardt hervorrief. Fehlen doch selbst im Werk seines Meisters nicht Zeugnisse, daß es nicht immer der seinem Genius nächsten Versuchung entging, den Schein zu beschwören.

So gedenkt er der Arbeit am Roman denn gelegentlich mit den Worten: „Man findet sich schon glücklich genug, wenn man sich in dieser bewegten Zeit in die Tiefe der stillen Leidenschaften flüchten kann". Wenn hier der Gegensatz bewegter Fläche und der stillen Tiefe nur flüchtig an ein Wasser gemahnen mag, so findet ausgesprochner solch Vergleich bei Zelter sich. In einem Briefe vom Romane handelnd schreibt er Goethe: „Dazu eignet sich endlich noch eine Schreibart, welche wie das klare Element beschaffen ist, dessen flinke Bewohner durcheinanderschwimmen, blinkelnd oder dunkelnd auf und ab fahren, ohne sich zu verirren oder zu verlieren". Was so in Zelters nie genug geschätzter Weise ausgesprochen, verdeutlicht wie der formelhaft gebannte Stil des Dichters verwandt dem bannenden Reflex im Wasser ist. Und über die Stilistik hinaus weist es auf die Bedeutung jenes „Lustsees" und endlich auf den Sinngehalt des ganzen Werks. Wie nämlich zweideutig die scheinhafte Seele sich darin zeigt, mit unschuldiger Klarheit verlockend und in tiefste Dunkelheit hinunterführend, so ist auch das Wasser dieser sonderbaren

Magie teilhaftig. Denn einerseits ist es das Schwarze, Dunkle, Unergründliche, andrerseits aber das Spiegelnde, Klare und Klärende. Die Macht dieser Zweideutigkeit, die schon ein Thema des „Fischers" gewesen war, ist im Wesen der Leidenschaft in den Wahlverwandtschaften herrschend geworden. Wenn sie so in ihr Zentrum hineinführt, weist sie andrerseits wieder zurück auf den mythischen Ursprung ihres Bildes vom schönen Leben und erlaubt mit vollendeter Klarheit es zu erkennen. „In dem Elemente, dem die Göttin" – Aphrodite – „entstieg, scheint die Schönheit recht eigentlich heimisch zu sein. An strömenden Flüssen und Quellen wird sie gepriesen; Schönfließ heißt eine der Okeaniden; unter den Nereiden tritt die schöne Gestalt der Galatea hervor und zahlreich entstammen den Göttern des Meeres schönfüßige Töchter. Das bewegliche Element, wie es zunächst den Fuß der Schreitenden umspült, benetzt Schönheit spendend die Füße der Göttinnen, und die silberfüßige Thetis bleibt für alle Zeiten das Vorbild, nach welchem die dichterische Phantasie der Griechen diesen Körperteil ihrer Gebilde zeichnet ... Keinem Manne oder mannhaft gedachten Gotte legt Hesiod Schönheit bei; auch bezeichnet sie hier noch keinerlei inneren Wert. Sie erscheint ganz vorwiegend an die äußere Gestalt des Weibes, an Aphrodite und die okeanischen Lebensformen gebunden." Wenn so – nach Walters „Ästhetik im Altertum" – der Ursprung eines bloßen schönen Lebens gemäß den Weisungen des

Mythos in der Welt harmonisch-chaoshaften Wogens liegt, so hat ein tiefes Gefühl die Herkunft der Ottilie dort gesucht. Wo Hengstenberg gehässig eines „nymphenartigen Essens" der Ottilie, Werner tastend seiner „gräßlich zarten Meernixe" gedenkt, da hat Bettina unvergleichlich sicher den innersten Zusammenhang berührt: „Du bist in sie verliebt, Goethe, es hat mir schon lange geahnt; jene Venus ist dem brausenden Meer Deiner Leidenschaft entstiegen, und nachdem sie eine Saat von Tränenperlen ausgesäet, da verschwindet sie wieder in überirdischem Glanz".

Mit der Scheinhaftigkeit, die Ottiliens Schönheit bestimmt, bedroht Wesenlosigkeit noch die Rettung, die die Freunde aus ihren Kämpfen gewinnen. Denn ist die Schönheit scheinhaft, so ist es auch die Versöhnung, die sie mythisch in Leben und Sterben verheißt. Ihre Opferung wäre umsonst wie ihr Blühen, ihr Versöhnen ein Schein der Versöhnung. Wahre Versöhnung gibt es in der Tat nur mit Gott. Während in ihr der Einzelne mit ihm sich versöhnt und nur dadurch mit den Menschen sich aussöhnt, ist es der scheinhaften Versöhnung eigen, jene untereinander aussöhnen und nur dadurch mit Gott versöhnen zu wollen. Von neuem trifft dies Verhältnis scheinhafter Versöhnung zur wahren auf den Gegensatz von Roman und Novelle. Denn darauf will ja zuletzt der wunderliche Streit hinaus, der die Liebenden in ihrer Jugend befängt, daß ihre Liebe, weil sie um wahrer Versöhnung willen das Leben wagt, sie erlangt und mit ihr den Frieden, in dem ihr Liebesbund dauert. Weil nämlich wahre Versöhnung mit Gott keinem gelingt, der nicht in ihr – soviel an ihm ist – alles vernichtet, um erst vor Gottes versöhntem Antlitz es wieder erstanden zu finden, darum bezeichnet ein todesmutiger Sprung jenen Augenblick, da sie – ein jeder ganz für sich allein vor Gott – um der Versöhnung willen sich einsetzen. Und in solcher Versöhnungsbereitschaft erst ausgesöhnt gewinnen sie sich. Denn die Versöhnung, die ganz überweltlich und kaum fürs Kunstwerk gegenständlich ist, hat in der Aussöhnung der Mitmenschen ihre weltliche Spiegelung. Wie sehr bleibt gegen sie die adlige Nachsicht, jene Duldung und Zartheit zurück, die doch zuletzt den Abstand nur wachsen macht, in dem die Romangestalten sich wissen. Denn weil sie den offenen Streit, dessen Übermaß selbst in der Gewalttat eines Mädchens Goethe darzustellen sich nicht scheute, stets vermeiden, muß die Aussöhnung ihnen fern bleiben. So viel Leiden, so wenig Kampf. Daher das Schweigen aller Affekte.

Sie treten niemals als Feindschaft, Rachsucht, Neid nach außen, aber sie leben auch nicht als Klage, Scham und Verzweiflung im Innern. Denn wie ließe mit dem verzweifelten Handeln der Verschmähten sich das Opfer der Ottilie vergleichen, welches in Gottes Hand nicht das teuerste Gut, sondern die schwerste Bürde legt und seinen Ratschluß vorwegnimmt. So fehlt alles Vernichtende wahrer Versöhnung durchaus ihrem Schein, wie denn selbst, soweit möglich, von der Todesart der Ottilie alles Schmerzhafte und Gewaltsame fernbleibt. Und nicht hiermit allein verhängt eine unfromme Vorsicht die drohende Friedlosigkeit über die allzu Friedfertigen. Denn was hundertfach der Dichter verschweigt, geht doch einfach genug aus dem Gange des Ganzen hervor: daß nach sittlichen Gesetzen die Leidenschaft all ihr Recht und ihr Glück verliert, wo sie den Pakt mit dem bürgerlichen, dem reichlichen, dem gesicherten Leben sucht. Dies ist die Kluft, über die vergebens der Dichter auf dem schmalen Stege reiner menschlicher Gesittung mit nachtwandlerischer Sicherheit seine Gestalten schreiten lassen will. Jene edle Bändigung und Beherrschung vermag nicht die Klarheit zu ersetzen, die der Dichter gewiß so von sich selber zu entfernen wußte wie von ihnen. (Hier ist Stifter sein vollendeter Epigone.) In der stummen Befangenheit, welche diese Menschen in dem Umkreis menschlicher, ja bürgerlicher Sitte einschließt und dort das Leben der Leidenschaft für sie zu retten hofft, liegt das dunkle Vergehen, welches seine dunkle Sühne fordert. Sie flüchten im Grunde vor dem Spruche des Rechts, das über sie noch Gewalt hat. Sind sie dem Anschein nach ihm durch adliges Wesen enthoben, so vermag sie in Wirklichkeit nur das Opfer zu retten. Daher wird nicht der Friede ihnen zuteil, den die Harmonie ihnen leihen soll; ihre Lebenskunst Goethescher Schule macht die Schwüle nur dumpfer. Denn hier regiert die

Stille vor dem Sturm, in der Novelle aber das Gewitter und der Friede. Während Liebe die Versöhnten geleitet, bleibt als Schein der Versöhnung nur die Schönheit bei den andern zurück.

Den wahrhaft Liebenden ist Schönheit des Geliebten nicht entscheidend. Wenn sie es war, die erstmals sie zueinander hinzog, werden über größern Herrlichkeiten sie ihrer immer wieder vergessen, um bis ans Ende freilich im Gedanken immer wieder ihrer inne zu werden. Anders als die Leidenschaft. Jedes, auch das flüchtigste Schwinden der Schönheit macht sie verzweifeln. Denn nur der Liebe heißt die Schöne das teuerste Gut, für die Leidenschaft ist dies die Schönste. Leidenschaftlich ist denn auch die Mißbilligung, mit der die Freunde von der Novelle sich abwenden. Ist ihnen die Preisgabe der Schönheit doch unerträglich. Jene Wildheit, die das Mädchen entstellt, ist es auch nicht die leere, verderbliche der Luciane, sondern die drängende, heilsame eines edlern Geschöpfs, soviel Anmut mit ihr sich paart, sie genügt, ein befremdendes Wesen ihr mitzugeben, des kanonischen Ausdrucks der Schönheit sie zu berauben. Dieses Mädchen ist nicht wesentlich schön, Ottilie ist es. Auf seine Weise ist es selbst Eduard, nicht umsonst rühmt man die Schönheit dieses Paares. Goethe selbst aber wandte nicht nur – und über die Grenzen der Kunst hinaus – die erdenkliche Macht seiner Gaben auf, diese Schönheit zu bannen, sondern mit leichtester Hand legt er's nahe genug, die

Welt dieser sanften, verschleierten Schönheit als die Mitte der Dichtung zu ahnen. Im Namen der Ottilie wies er auf die Heilige, der als Schutzpatronin Augenleidender auf dem Odilienberg im Schwarzwald ein Kloster gestiftet war. Er nennt sie einen „Augentrost" der Männer die sie sehen, ja man darf in ihrem Namen auch des milden Lichtes sich erinnern, das die Wohltat kranker Augen und die Heimat allen Scheines in ihr selbst ist. Dem stellte er den Glanz, der schmerzhaft strahlt, im Namen und in der Erscheinung der Luciane, und ihren sonnenhaften, weiten Lebenskreis dem mondhaft-heimlichen Ottiliens gegenüber. Wie er aber deren Sanftmut nicht allein Lucianes falsche Wildheit, sondern auch die rechte jener Liebenden zur Seite gibt, so ist der milde Schimmer ihres Wesens mitteninne gestellt zwischen das feindliche Glänzen und das nüchterne Licht. Der rasende Angriff, von dem die Novelle erzählt, war gegen das Augenlicht des Geliebten gerichtet; nicht strenger konnte die Gesinnung dieser Liebe die abhold allem Schein ist angedeutet werden. Die Leidenschaft bleibt in dessen Bannkreis gefangen und den Entbrennenden vermag sie an sich selbst nicht einmal in der Treue Halt zu leihen. Der Schönheit unter jedem Schein verfallen, wie sie ist, muß ihr Chaotisches verheerend ausbrechen, fände nicht ein geistigeres Element sich zu ihr, welches den Schein zu sänftigen vermöchte. Es ist die Neigung.

In der Neigung löst der Mensch von der Leidenschaft sich ab. Es ist das Wesensgesetz, welches diese wie jede Ablösung aus der Sphäre des Scheins und den Übergang zum Reiche des Wesens bestimmt, daß allmählich, ja selbst unter einer letzten und äußersten Steigerung des Scheins sich die Wandlung vollzieht. So scheint auch im Heraustreten der Neigung die Leidenschaft mehr noch als früher und völlig zur Liebe zu werden. Leidenschaft und Neigung sind die Elemente aller scheinhaften Liebe, die nicht im Versagen des Gefühls, sondern einzig in seiner Ohnmacht von der wahren sich unterschieden zeigt. Und so muß es denn ausgesprochen werden, daß nicht die wahre Liebe es ist, die in Ottilie und Eduard herrscht. Die Liebe wird vollkommen nur wo sie über ihre Natur erhoben durch Gottes Walten gerettet wird. So ist das dunkle Ende der Liebe, deren Dämon Eros ist, nicht ein nacktes Scheitern, sondern die wahrhafte Einlösung der tiefsten Unvollkommenheit, welche der Natur des Menschen selber eignet. Denn sie ist's, welche die Vollendung der Liebe ihm wehrt. Darum tritt in alles Lieben, was nur sie bestimmt, die Neigung als das eigentliche Werk des ''Ερως θάνατος: das Eingeständnis, daß der Mensch nicht lieben könne. Während in aller geretteten, wahren Liebe die Leidenschaft secundiert wie die Neigung bleibt, macht deren Geschichte und der Übergang der einen in die andere das Wesen des Eros. Freilich führt nicht ein Tadel der Liebenden, wie Bielschowsky ihn wagt, darauf hin. Dennoch läßt selbst sein banaler Ton die Wahrheit nicht verkennen. Nachdem er nämlich die Unart, ja die zügellose Selbstsucht des Liebhabers angedeutet, heißt es von Ottiliens unbeirrter Liebe weiter: „Es mag im Leben hie und da eine solche abnorme Erscheinung anzutreffen sein. Aber dann zucken wir die Achseln und sagen: wir verstehen es nicht. Eine solche Erklärung, gegenüber einer dichterischen Erfindung abgegeben, ist ihre schwerste Verurteilung. In der Dichtung wollen und müssen wir verstehen. Denn der Dichter ist Schöpfer. Er schafft die Seelen". Inwiefern dies zuzugeben sei, wird gewiß höchst problematisch bleiben. Unverkennbar aber ist, daß jene Goetheschen Gestalten nicht geschaffen, noch auch rein gebildet, sondern eher gebannt erscheinen können. Daher eben stammt die Art von Dunkel, welche Kunstgebilden fremd und dem allein, der dessen Wesen in dem Schein kennt, zu ergründen ist. Denn der Schein ist in dieser Dichtung nicht sowohl dargestellt, als in ihrer Darstellung selber. Darum allein kann er so viel bedeuten, darum allein bedeutet sie so viel. Bündiger enthüllt den Bruch jener Liebe dies, daß jedwede in sich gewachsne Herr dieser Welt werden muß: sei es in ihrem natürlichen Ausgang, dem gemeinsamen – nämlich streng gleichzeitigen – Tode, sei es in ihrer übernatürlichen Dauer, der Ehe. Dies hat Goethe in der Novelle ausgesprochen, da der Augenblick der gemeinsamen Todesbereitschaft durch göttlichen Willen das neue Leben den

Liebenden schenkt, auf das alte Rechte ihren Anspruch verlieren. Hier zeigt er das Leben der beiden gerettet in eben dem Sinne, in dem es den Frommen die Ehe bewahrt; in diesem Paare hat er die Macht wahrer Liebe dargestellt, die in religiöser Form auszusprechen er sich verwehrte. Demgegenüber steht im Roman in diesem Lebensbereich das zwiefache Scheitern. Während die einen, vereinsamt, dahinsterben, bleibt den Überlebenden die Ehe versagt. Der Schluß beläßt den Hauptmann und Charlotten wie die Schatten in der Vorhölle. Weil in keinem der Paare der Dichter die wahre Liebe konnte walten lassen, welche diese Welt hätte sprengen müssen, gab er unscheinbar aber unverkennbar in den Gestalten der Novelle ihr Wahrzeichen seinem Werke mit.

Über schwankende Liebe macht die Rechtsnorm sich Herr. Die Ehe zwischen Eduard und Charlotte bringt, noch verfallend, jener den Tod, weil in ihr – und sei's in mythischer Entstellung – die Größe der Entscheidung eingebettet liegt, welcher die Wahl niemals gewachsen ist. Und so spricht über sie der Titel des Romans das Urteil; Goethen halb unbewußt, wie es scheint. Denn in der Selbstanzeige sucht er den Begriff der Wahl für das sittliche Denken zu retten. „Es scheint, daß den Verfasser seine fortgesetzten physikalischen Arbeiten zu diesem seltsamen Titel veranlaßten. Er mochte bemerkt haben, daß man in der Naturlehre sich sehr oft ethischer Gleichnisse bedient, um etwas von dem Kreise menschlichen Wissens weit

Entferntes näher heranzubringen; und so hat er auch wohl, in einem sittlichen Falle, eine chemische Gleichnisrede zu ihrem geistigen Ursprunge zurückführen mögen, um so mehr als doch überall nur Eine Natur ist und auch durch das Reich der heitern Vernunftfreiheit die Spuren trüber leidenschaftlicher Notwendigkeit sich unaufhaltsam hindurchziehen, die nur durch eine höhere Hand, und vielleicht auch nicht in diesem Leben, völlig auszulöschen sind." Aber deutlicher als diese Sätze, die vergeblich Gottes Reich, wo die Liebenden wohnen, in dem der heiteren Vernunftfreiheit zu suchen scheinen, spricht das bloße Wort. „Verwandtschaft" ist an und für sich bereits das denkbar reinste, um nächste menschliche Verbundenheit sowohl nach Wert als auch nach Gründen zu bezeichnen. Und in der Ehe wird es stark genug, buchstäblich auch sein Metaphorisches zu machen. Weder vermag das durch die Wahl verstärkt zu werden, noch wäre insbesondere das Geistige solcher Verwandtschaft auf die Wahl gegründet. Diese rebellische Anmaßung aber beweist am unwidersprechlichsten der Doppelsinn des Wortes, das nicht abläßt, mit dem im Akt Ergriffnen zugleich den Wahlakt selber zu bedeuten. Allein in jedem Falle da Verwandtschaft zum Gegenstand einer Entschließung wird, schreitet die über die Stufe der Wahl zur Entscheidung hinüber. Diese annihiliert die Wahl, um die Treue zu stiften: nur die Entscheidung, nicht die Wahl ist im Buche des Lebens verzeichnet. Denn Wahl ist natürlich und mag sogar den Elementen eignen; die Entscheidung ist transzendent. – Weil jener Liebe noch das höchste Recht nicht zukommt, nur darum also eignet dieser Ehe noch die größere Macht. Doch niemals hat der untergehenden der Dichter im mindesten ein eigenes Recht zusprechen wollen. Die Ehe kann in keinem Sinne Zentrum des Romans sein. Darüber hat, wie ungezählte andre, auch Hebbel in vollkommenem Irrtum sich befunden, wenn er sagt: „In Goethes Wahlverwandtschaften ist doch eine Seite abstrakt geblieben, es ist nämlich die unermeßliche Bedeutung der Ehe für Staat und Menschheit wohl räsonnierend angedeutet, aber nicht im Ring der Darstellung zur Anschauung gebracht worden, was gleichwohl möglich gewesen wäre und den Eindruck des ganzen Werkes noch sehr verstärkt hätte". Und früher schon im Vorwort zur „Maria Magdalene"; „Wie Goethe, der durchaus Künstler, großer Künstler war, in den Wahlverwandtschaften einen solchen Verstoß gegen die innere Form begehen konnte, daß er, einem zerstreuten Zergliederer nicht unähnlich, der statt eines wirklichen Körpers ein Automat auf das anatomische Theater brächte, eine von Haus aus nichtige, ja unsittliche Ehe, wie die zwischen Eduard und Charlotte, zum Mittelpunkt seiner Darstellung machte und dies Verhältnis behandelte und benützte, als ob es ein ganz entgegengesetztes, ein vollkommen berechtiges wäre, wüßte ich mir nicht zu erklären". Abgesehen davon, daß die Ehe im Geschehen nicht die Mitte ist, sondern

Mittel – so wie Hebbel sie erfaßt, hat Goethe nicht und so wollte er sie nicht erscheinen lassen. Denn zu tief wird er empfunden haben, daß „von Haus aus“ gar nichts über sie gesagt werden, ihre Sittlichkeit allein als Treue, nur als Untreue ihre Unsittlichkeit sich erweisen könnte. Geschweige, daß etwa die Leidenschaft ihre Grundlage bilden könnte. Platt, doch nicht falsch sagt der Jesuit Baumgartner: „Sie lieben sich, aber ohne jene Leidenschaft, welche für krankhafte und empfindsame Gemüter den einzigen Reiz des Lebens ausmacht“. Aber darum nicht weniger ist die eheliche Treue bedingt. Bedingt in dem doppelten Sinne: durchs notwendig wie durchs hinreichend Bedingende. Jenes liegt in dem Fundamente der Entscheidung. Sie ist gewiß nicht willkürlicher darum, weil die Leidenschaft nicht ihr Kriterium ist. Vielmehr steht dies nur umso unzweideutiger und strenger in dem Charakter der Erfahrung vor ihr. Nur diejenige Erfahrung nämlich vermag die Entscheidung zu tragen, welche, jenseits alles späteren Geschehens und Vergleichens, wesensmäßig dem Erfahrenden sich einmalig zeigt und einzig, während jeder Versuch aufs Erlebnis Entscheidung zu gründen früher oder später den aufrechten Menschen mißlingt. Ist diese notwendige Bedingung ehelicher Treue gegeben, dann heißt Pflichterfüllung ihre hinreichende. Nur wenn von beiden eine frei vom Zweifel ob sie da war bleiben kann, läßt sich der Grund des Bruchs der Ehe sagen. Nur dann ist klar, ob er „von Hause aus“ notwendig ist, ob noch durch Umkehr eine Rettung zu erhoffen steht. Und hiermit gibt sich jene Vorgeschichte, die Goethe dem Roman ersonnen hat, als Zeugnis des untrüglichsten Gefühls. Früher schon haben sich Eduard und Charlotte geliebt, doch des ungeachtet beide ein nichtiges Ehebündnis geschlossen, bevor sie einander sieh vereinten. Nur auf diese einzige Weise vielleicht konnte in der Schwebe bleiben, worin im Leben beider Gatten der Fehltritt liegt: ob in der frühern Unschlüssigkeit, ob in der gegenwärtigen Untreue. Denn die Hoffnung mußte Goethe erhalten, daß schon einmal siegreicher Bindung auch nun zu dauern bestimmt sei. Daß aber dann nicht als rechtliche Form noch auch als bürgerliche diese Ehe dem Schein, der sie verführt, begegnen könne, ist schwerlich dem Dichter entgangen. Nur im Sinne der Religion wäre dies ihr gegeben, in dem „schlechtere“ Ehen als sie ihren unantastbaren Bestand haben. Demnach ist ganz besonders tief das Mißlingen aller Einigungsversuche dadurch motiviert, daß diese von einem Manne ausgehen, welcher mit der Weihe des Geistlichen selber die Macht und das Recht abgelegt hat, die allein solche rechtfertigen können. Doch da ihnen Vereinigung nicht mehr vergönnt, bleibt am Ende die Frage siegreich, die entschuldigend alles begleitet: war das nicht nur die Befreiung aus von Anfang verfehltem Beginnen? Wie dem nun sei – diese Menschen sind aus der Bahn der Ehe gerissen, um unter andern Gesetzen ihr Wesen zu finden.

Heiler als Leidenschaft doch nicht hilfreicher führt auch Neigung nur dem Untergang die entgegen, die der ersten entsagen. Aber nicht die Einsamen richtet sie zugrunde wie jene. Unzertrennlich geleitet sie die Liebenden hinab, ausgesöhnt erreichen sie das Ende. Auf diesem letzten Weg wenden sie einer Schönheit sich zu, die nicht mehr dem Schein verhaftet ist, und sie stehen im Bereich der Musik. „Aussöhnung" hat Goethe jenes dritte Gedicht der „Trilogie" genannt, in welchem die Leidenschaft zur Ruhe geht. Es ist „das Doppelglück der Töne wie der Liebe", das hier, keineswegs als Krönung, sondern als erste schwache Ahnung, als fast noch hoffnungsloser Morgenschimmer den Gequälten leuchtet. Die Musik kennt ja die Aussöhnung in der Liebe und aus diesem Grunde trägt das letzte Gedicht der Trilogie als einziges eine Widmung, während der „Elegie" in ihrem Motto wie in ihrem Ende das „Laßt mich allein" der Leidenschaft entfährt. Versöhnung aber, die im Weltlichen blieb, mußte schon dadurch als Schein sich enthüllen und wohl dem Leidenschaftlichen, dem er endlich sich trübte. „Die hehre Welt, wie schwindet sie den Sinnen!" „Da schwebt hervor Musik mit Engelsschwingen" und nun verspricht der Schein erst ganz zu weichen, nun erst die Trübung ersehnt und vollkommen zu werden. „Das Auge netzt sich, fühlt im höhern Sehnen | Den Götterwert der Töne wie der Tränen." Diese Tränen, die beim Hören der Musik das Auge füllen, entziehen ihm die sichtbare Welt. Damit ist jener tiefe Zusammenhang angedeutet, welcher Hermann Cohen, der im Sinn des greisen Goethe vielleicht besser als nur einer all der Interpreten fühlte, in einer flüchtigen Bemerkung geleitet zu haben scheint. „Nur der Lyriker, der in Goethe zur Vollendung kommt, nur der Mann, der Tränen sät, die Tränen der unendlichen Liebe, nur er konnte dem Roman diese Einheitlichkeit stiften." Freilich ist das nicht mehr als eben erahnt, auch führt von hier kein Weg die Deutung weiter. Denn dies vermag nur die Erkenntnis, daß jene „unendliche" Liebe weit weniger ist als die schlichte, von der man sagt, daß sie über den Tod hinaus dauert, daß es die Neigung ist, die in den Tod führt. Aber darin wirkt ihr Wesen und kündigt wenn man so will die Einheitlichkeit des Romans sich an, daß die Neigung, wie die Verschleierung des Bildes durch Tränen in der Musik, so in der Aussöhnung den Untergang des Scheins durch die Rührung hervorruft. Eben die Rührung nämlich ist jener Übergang, in welchem der Schein – der Schein der Schönheit als der Schein der Versöhnung – noch einmal am süßesten dämmert vor dem Vergehen. Sprachlich können weder Humor noch Tragik die Schönheit fassen, in einer Aura durchsichtiger Klarheit vermag sie nicht zu erscheinen. Deren genauester Gegensatz ist die Rührung. Weder Schuld noch Unschuld, weder Natur noch Jenseits gelten ihr streng unterschieden. In dieser Sphäre erscheint Ottilie, dieser Schleier muß über ihrer Schönheit liegen. Denn die Tränen der Rührung, in welchen der Blick sich verschleiert, sind zugleich der eigenste Schleier der Schönheit selbst. Aber Rührung ist nur der Schein der Versöhnung. Und wie ist gerade jene trügerische Harmonie in dem Flötenspiele der Liebenden unbeständig und rührend. Von Musik ist ihre Welt ganz verlassen. Wie denn der Schein, dem die Rührung verbunden ist, so mächtig nur in denen werden kann, die, wie Goethe, nicht von Ursprung an durch Musik im Innersten berührt und vor der Gewalt lebender Schönheit gefeit sind. Ihr Wesenhaftes zu erretten ist das Ringen Goethes. Darinnen trübt der Schein dieser Schönheit sich mehr und mehr, wie die Durchsichtigkeit einer Flüssigkeit in der Erschütterung, in der sie Kristalle bildet. Denn nicht die kleine Rührung, die sich selbst genießt, die große der Erschütterung allein ist es, in welcher der Schein der Versöhnung den schönen überwindet und mit ihm zuletzt sich selbst. Die tränenvolle Klage: das ist Rührung. Und wie dem tränenlosen Wehgeschrei so gibt auch ihr der Raum der dionysischen Erschütterung Resonanz. „Trauer und Schmerz im Dionysischen als die Tränen, die dem steten Untergang alles Lebens geweint werden, bilden die sanfte Ekstase; es ist >das Leben der Zikade, die ohne Speise und Trank singt, bis sie stirbt<." So Bernoulli zum hunderteinundvierzigsten Kapitel des „Mutterrechts", wo Bachofen von der Zikade handelt, dem Tiere, das ursprünglich nur der dunklen Erde eigen vom mythischen Tiefsinn der Griechen in den Verband der uranischen Sinnbilder hinaufgehoben ward. Was anders meinte Goethes Sinnen um Ottiliens Lebensausgang?

Je tiefer die Rührung sich versteht, desto mehr ist sie Übergang; ein Ende bedeutet sie niemals für den wahren Dichter. Eben das will es besagen, wenn die Erschütterung sich als ihr bestes Teil zeigt und dasselbe meint, obzwar in sonderbarer Beziehung, Goethe, wenn er in der Nachlese zur Poetik des Aristoteles sagt: „Wer nun auf dem Wege einer wahrhaft sittlichen innern Ausbildung fortschreitet, wird empfinden und gestehn, daß Tragödien und tragische Romane den Geist keineswegs beschwichtigen, sondern das Gemüt und das was wir das Herz nennen, in Unruhe versetzen und einem vagen unbestimmten Zustande entgegenführen; diesen liebt die Jugend und ist daher für solche Produktionen leidenschaftlich eingenommen". Übergang aber wird die Rührung aus der verworrenen Ahnung „auf dem Wege einer wahrhaft sittlichen ... Ausbildung" nur zu dem einzig objektiven Gegenstande der Erschütterung sein, zum Erhabenen. Eben dieser Übergang ist es, der im Untergang des Scheines sich vollzieht. Jener Schein, der in Ottiliens Schönheit sich darstellt, ist der untergehende. Denn es ist nicht so zu verstehen, als führe äußere Not und Gewalt den Untergang der Ottilie herauf, sondern in der Art ihres Scheins selbst liegt es begründet, daß er verlöschen muß, daß er es bald muß. Ein ganz anderer ist er als der triumphierende blendender

Schönheit, der Lucianens ist oder Lucifers. Und während der Gestalt der Goetheschen Helena und der berühmteren der Mona Lisa aus dem Streit dieser beiden Arten des Scheins das Rätsel ihrer Herrlichkeit entstammt, ist die Ottiliens nur durchwaltet von dem einen Schein, der verlischt. In jede ihrer Regungen und Gesten hat der Dichter dies gelegt, um zuletzt, am düstersten und zartesten zugleich, in ihrem Tagebuche mehr und mehr das Dasein einer Schwindenden sie führen zu lassen. Also nicht der Schein der Schönheit schlechthin, der sich zwiefach erweist, ist in Ottilie erschienen, sondern allein jener eine ihr eigene vergehende. Aber freilich erschließt der die Einsicht im schönen Schein überhaupt und gibt erst darin sich selbst zu erkennen. Daher sieht jede Anschauung, die die Gestalt der Ottilie erfaßt, vor sich die alte Frage erstehen, ob Schönheit Schein sei.

Alles wesentlich Schöne ist stets und wesenhaft aber in unendlich verschiedenen Graden dem Schein verbunden. Ihre höchste Intensität erreicht diese Verbindung im manifest Lebendigen und zwar gerade hier deutlich polar in triumphierendem und verlöschendem Schein. Alles Lebendige nämlich ist, je höher sein Leben geartet desto mehr, dem Bereiche des wesentlich Schönen enthoben und in seiner Gestalt bekundet demnach dieses wesentlich Schöne sich am meisten als Schein. Schönes Leben, Wesentlich-Schönes und scheinhafte Schönheit, diese drei sind identisch. In diesem

Sinne hängt gerade die Platonische Theorie des Schönen mit dem noch älteren Problem des Scheins darin zusammen, daß sie, nach dem Symposion, zunächst auf die leiblich lebendige Schönheit sich richtet. Wenn dennoch dieses Problem in der Platonischen Spekulation latent bleibt, so liegt es daran, daß dem Platon als Griechen die Schönheit mindestens ebenso wesentlich im Jüngling sich darstellt als im Mädchen, die Fülle des Lebens aber im Weiblichen größer ist als im Männlichen. Ein Moment des Scheins jedoch bleibt noch im Unlebendigsten erhalten, für den Fall, daß es wesentlich schön ist. Und dies ist der Fall aller Kunstwerke – unter ihnen am mindesten der Musik. Demnach bleibt in aller Schönheit der Kunst jener Schein, will sagen jenes Streifen und Grenzen ans Leben noch wohnen und sie ist ohne diesen nicht möglich. Nicht aber umfaßt derselbe ihr Wesen. Dieses weist vielmehr tiefer hinab auf dasjenige, was am Kunstwerk im Gegensatze zum Schein als das Ausdruckslose bezeichnet werden darf, außerhalb dieses Gegensatzes aber in der Kunst weder vorkommt, noch eindeutig benannt werden kann. Zum Schein nämlich steht das Ausdruckslose, wiewohl im Gegensatz, doch in derart notwendigem Verhältnis, daß eben das Schöne, ob auch selber nicht Schein, aufhört ein wesentlich Schönes zu sein, wenn der Schein von ihm schwindet. Denn dieser gehört ihm zu als die Hülle und als das Wesensgesetz der Schönheit zeigt sich somit, daß sie als solche nur im Verhüllten erscheint. Nicht also ist, wie banale Philosopheme lehren, die Schönheit selbst Schein. Vielmehr enthält die berühmte Formel, wie sie zuletzt in äußerster Verflachung Solger entwickelte, es sei Schönheit die sichtbar gewordene Wahrheit, die grundsätzlichste Entstellung dieses großen Gegenstandes. Auch hätte Simmel dies Theorem nicht so läßlich aus Goetheschen Sätzen, die sich dem Philosophen oft durch alles andere empfehlen als ihren Wortlaut, entnehmen dürfen. Diese Formel, die, da Wahrheit doch an sich nicht sichtbar ist und nur auf einem ihr nicht eigenen Zuge ihr Sichtbarwerden beruhen könnte, die Schönheit zu einem Schein macht, läuft zuletzt, ganz abgesehen von ihrem Mangel an Methodik und Vernunft, auf philosophisches Barbarentum hinaus. Denn nichts anderes bedeutet es, wenn der Gedanke, es ließe sich die Wahrheit des Schönen enthüllen, in ihr genährt wird. Nicht Schein, nicht Hülle für ein anderes ist die Schönheit. Sie selbst ist nicht Erscheinung, sondern durchaus Wesen, ein solches freilich, welches wesenhaft sich selbst gleich nur unter der Verhüllung bleibt. Mag daher Schein sonst überall Trug sein – der schöne Schein ist die Hülle vor dem notwendig Verhülltesten. Denn weder die Hülle noch der verhüllte Gegenstand ist das Schöne, sondern dies ist der Gegenstand in seiner Hülle. Enthüllt aber würde er unendlich unscheinbar sich erweisen. Hier gründet die uralte Anschauung, daß in der Enthüllung das Verhüllte sich verwandelt, daß es „sich selbst gleich“ nur unter der

Verhüllung bleiben wird. Also wird allem Schönen gegenüber die Idee der Enthüllung zu der der Unenthüllbarkeit. Sie ist die Idee der Kunstkritik. Die Kunstkritik hat nicht die Hülle zu heben, vielmehr durch deren genaueste Erkenntnis als Hülle erst zur wahren Anschauung des Schönen sich zu erheben. Zu der Anschauung, die der sogenannten Einfühlung niemals und nur unvollkommen einer reineren Betrachtung des Naiven sich eröffnen wird: zur Anschauung des Schönen als Geheimnis. Niemals noch wurde ein wahres Kunstwerk erfaßt, denn wo es unausweichlich als Geheimnis sich darstellte. Nicht anders nämlich ist jener Gegenstand zu bezeichnen, dem im letzten die Hülle wesentlich ist. Weil nur das Schöne und außer ihm nichts verhüllend und verhüllt wesentlich zu sein vermag, liegt im Geheimnis der göttliche Seinsgrund der Schönheit. So ist denn der Schein in ihr eben dies: nicht die überflüssige Verhüllung der Dinge an sich, sondern die notwendige von Dingen für uns. Göttlich notwendig ist solche Verhüllung zu Zeiten, wie denn göttlich bedingt ist, daß, zur Unzeit enthüllt, in nichts jenes Unscheinbare sich verflüchtigt, womit Offenbarung die Geheimnisse ablöst. Kants Lehre, daß ein Relationscharakter die Grundlage der Schönheit sei, setzt demnach in einer sehr viel höheren Sphäre als der psychologischen siegreich ihre methodischen Tendenzen durch. Alle Schönheit hält wie die Offenbarung geschichtsphilosophische Ordnungen in sich. Denn sie macht nicht die Idee sichtbar, sondern deren Geheimnis.

Um jener Einheit willen, die Hülle und Verhülltes in ihr bilden, kann sie wesentlich da allein gelten, wo die Zweiheit von Nacktheit und Verhüllung noch nicht besteht: in der Kunst und in den Erscheinungen der bloßen Natur. Je deutlicher hingegen diese Zweiheit sich ausspricht, um zuletzt im Menschen sich aufs höchste zu bekräftigen, desto mehr wird es klar: in der hüllenlosen Nacktheit ist das wesentlich Schöne gewichen und im nackten Körper des Menschen ist ein Sein über aller Schönheit erreicht – das Erhabene, und ein Werk über allen Gebilden – das des Schöpfers. Damit erschließt sich die letzte jener rettenden Korrespondenzen, in denen mit unvergleichlich strenger Genauigkeit die zart gebildete Novelle dem Roman entspricht. Wenn dort der Jüngling die Geliebte entblößt, so ist es nicht um der Lust, es ist um des Lebens willen. Er betrachtet nicht ihren nackten Körper und gerade darum nimmt er seine Hoheit wahr. Der Dichter wählt nicht müßige Worte, wenn er sagt: „Hier überwand die Begierde zu retten jede andere Betrachtung“. Denn in der Liebe vermag nicht Betrachtung zu herrschen. Nicht dem Willen zum Glück, wie es ungebrochen nur flüchtig in den seltensten Akten der Kontemplation, in der „halkyonischen“ Stille der Seele verweilt, ist die Liebe entsprungen. Ihr Ursprung ist die Ahnung des seligen Lebens. Wie aber die Liebe als bitterste Leidenschaft sich selbst vereitelt, wo in ihr die vita contemplativa dennoch die mächtigste, die Anschauung der Herrlichsten ersehnter als die Vereinigung mit der Geliebten ist, das stellen die Wahlverwandtschaften im Schicksal Eduards und der Ottilie dar. Dergestalt ist kein Zug der Novelle vergeblich. Sie ist der Freiheit und Notwendigkeit nach, die sie dem Roman gegenüber zeigt, dem Bild im Dunkel eines Münsters vergleichbar; das dies selber darstellt und so mitten im Innern eine Anschauung vom Orte mitteilt, die sich sonst versagt. Sie bringt damit zugleich den Abglanz des hellen, ja des nüchternen Tages hinein. Und wenn diese Nüchternheit heilig scheint, so ist das Wunderlichste, daß sie es vielleicht nur Goethe nicht ist. Denn seine Dichtung bleibt dem Innenraum im verschleierten Lichte zugewendet, das in bunten Scheiben sich bricht. Kurz nach ihrer Vollendung schreibt er an Zelter: „Wo Ihnen auch mein neuer Roman begegnet, nehmen Sie ihn freundlich auf. Ich bin überzeugt, daß Sie der durchsichtige und undurchsichtige Schleier nicht verhindern wird, bis auf die eigentlich intentionierte Gestalt hineinzusehen“. Dies Wort vom Schleier war ihm mehr als Bild – es ist die Hülle, welche immer wieder ihn bewegen mußte, wo er um Einsicht in die Schönheit rang. Drei Gestalten seines Lebenswerks sind diesem Ringen, das wie kein anderes ihn erschütterte, entwachsen: Mignon, Ottilie, Helena. „So laßt mich scheinen bis ich werde | Zieht mir das weiße Kleid nicht aus! I Ich eile von der schönen

Erde I Hinab in jenes feste Haus. I Dort ruh ich eine kleine Stille I Dann öffnet sich der frische Blick | Ich lasse dann die reine Hülle | Den Gürtel und den Kranz zurück." Und auch Helena läßt sie zurück: „Kleid und Schleier bleiben ihm in den Armen". Goethe kennt, was über den Trug dieses Scheins gefabelt wurde. Er läßt den Faust mahnen: „Halte fest, was dir von allem übrig blieb. | Das Kleid, laß es nicht los. Da zupfen schon | Dämonen an den Zipfeln, möchten gern | Zur Unterwelt es reißen. Halte fest! | Die Göttin ist's nicht mehr, die du verlorst | Doch göttlich ist's". Unterschieden von diesen aber bleibt die Hülle von Ottilie als ihr lebendiger Leib. Nur mit ihr spricht sich klar das Gesetz aus, das gebrochner an den andern sich kundgibt: Je mehr das Leben entweicht, desto mehr alle scheinhafte Schönheit, die ja am Lebendigen einzig zu haften vermag, bis im gänzlichen Ende des einen auch die andere vergehn muß. Unenthüllbar ist also nichts Sterbliches. Wenn daher den äußersten Grad solcher Unenthüllbarkeit wahrheitsgemäß die Maximen und Reflektionen mit dem tiefen Worte bezeichnen: „Die Schönheit kann nie über sich selbst deutlich werden" so bleibt doch Gott, vor dem kein Geheimnis und alles Leben ist. Als Leiche erscheint uns der Mensch und als Liebe sein Leben, wenn sie vor Gott sind. Daher hat der Tod Macht zu entblößen wie die Liebe. Unenthüllbar ist nur die Natur; die ein Geheimnis verwahrt, so lange Gott sie bestehn läßt. Entdeckt wird die Wahrheit im Wesen der Sprache. Es entblößt sich der menschliche Körper, ein Zeichen, daß der Mensch selbst vor Gott tritt. – Dem Tod muß die Schönheit verfallen, die nicht in der Liebe sich preisgibt. Ottilie kennt ihren Todesweg. Weil sie im Innersten ihres jungen Lebens ihn vorgezeichnet erkennt, ist sie – nicht im Tun sondern im Wesen – die jugendhafteste aller Gestalten, die Goethe geschaffen. Wohl verleiht das Alter die Bereitschaft zum Sterben, Jugend aber ist Todesbereitschaft. Wie verborgen hat doch Goethe von Charlotte es ausgesagt, daß sie „gern leben mochte“. Nie hat in einem Werk er der Jugend gegeben, was er in Ottilien ihr zugestand: das ganze Leben wie es aus seiner eigenen Dauer seinen eigenen Tod hat. Ja man darf sagen, daß er in Wahrheit, wenn für irgend etwas, gerade hierfür blind war. Wem dennoch Ottiliens Dasein in dem Pathos, das von allen andern es unterscheidet, auf das Leben der Jugend hinweist, so konnte nur durch das Geschick ihrer Schönheit Goethe mit diesem Anblick, dem sein Wesen sich verweigerte, ausgesöhnt werden. Hierauf gibt es einen eigenartigen und gewissermaßen quellenmäßigen Hinweis. Im Mai 1809 richtete Bettina an Goethe einen Brief, der den Aufstand der Tiroler berührt und in dem es heißt: „Ja Goethe, während diesem hat es sich ganz anders in mir gestaltet … düstre Hallen, die prophetische Monumente gewaltiger Todeshelden umschließen, sind der Mittelpunkt meiner schweren Ahnungen … Ach vereine Dich doch mit mir“ der Tiroler „zu gedenken … es ist des Dichters Ruhm, daß er den Helden die Unsterblichkeit sichere!“ Im August desselben Jahres schrieb Goethe die letzte Fassung des dritten Kapitels aus dem zweiten Teil der Wahlverwandtschaften, wo es im Tagebuch der Ottilie heißt: „Eine Vorstellung der alten Völker ist ernst und kann furchtbar scheinen. Sie dachten sich ihre Vorfahren in großen Höhlen, ringsumher auf Thronen sitzend, in stummer Unterhaltung. Dem Neuen, der hereintrat, wenn er würdig genug war, standen sie auf und neigten ihm einen Willkommen. Gestern, als ich in der Kapelle saß und meinem geschnitzten Stuhle gegenüber noch mehrere umhergestellt sah, erschien mir jener Gedanke gar freundlich und anmutig. Warum kannst du nicht sitzen bleiben? dachte ich bei mir selbst, still und in dich gekehrt sitzen bleiben, lange, lange, bis endlich die Freunde kämen, denen du aufstündest und ihren Platz mit freundlichem Neigen anwiesest“. Es liegt nahe, diese Anspielung auf Walhall als unbewußte oder wissentliche Erinnerung an die Briefstelle Bettinens zu verstehen. Denn die Stimmungsverwandtschaft jener kurzen Sätze ist auffallend, auffallend bei Goethe der Gedanke an Walhall, auffallend endlich, wie unvermittelt er in die Aufzeichnung der Ottilie eingeführt ist. Wäre es nicht ein Hinweis darauf, daß Goethe sich Bettinens heldisches Gebaren in jenen sanftern Worten der Ottilie näher brachte?

Man ermesse nach alledem, ob es Wahrheit ist oder eitel Mystifikation, wenn Gundolf mit gespieltem Freisinn behauptet: „Die Gestalt Ottiliens ist weder der Hauptgehalt, noch das eigentliche Problem der Wahlverwandtschaften" und ob es einen Sinn gibt, wem er hinzufügt: „aber ohne den Augenblick, da Goethe das geschaut, was im Werk als Ottilie erscheint, wäre wohl weder der Gehalt verdichtet noch das Problem so gestaltet worden". Denn was ist in alledem klar, wenn nicht eins: daß die Gestalt, ja der Name der Ottilie es ist, der Goethe an diese Welt bannte, um wahrhaft eine Vergehende zu erretten, eine Geliebte in ihr zu erlösen. Sulpiz Boisseree hat er es gestanden, der mit den wunderbaren Worten es festgehalten hat, in denen er dank der innigsten Anschauung von dem Dichter zugleich tiefer auf das Geheimnis seines Werkes hinweist als er ahnen mochte. „Unterwegs kamen wir dann auf die Wahlverwandtschaften zu sprechen. Er legte Gewicht darauf, wie rasch und unaufhaltsam er die Katastrophe herbeigeführt. Die Sterne waren aufgegangen; er sprach von seinem Verhältnis zur Ottilie, wie er sie lieb gehabt und wie sie ihn unglücklich gemacht. Er wurde zuletzt fast rätselhaft ahndungsvoll in seinen Reden. – Dazwischen sagte er dann wohl einen heitern Vers. So kamen wir müde, gereizt, halb ahndungsvoll, halb schläfrig im schönsten Sternenlicht ... nach Heidelberg." Wenn es dem Berichtenden nicht entgangen ist, wie mit dem Aufgang der Sterne Goethes Gedanken auf sein

Werk sich hinlenkten, so hat, er selbst wohl kaum gewußt – wovon doch seine Sprache Zeugnis ablegt – wie über Stimmung erhaben der Augenblick war und wie deutlich die Mahnung der Sterne. In ihr bestand als Erfahrung was längst als Erlebnis verweht war. Denn unter dem Symbol des Sterns war einst Goethe die Hoffnung erschienen, die er für die Liebenden fassen mußte. Jener Satz, der, mit Hölderlin zu reden, die Cäsur des Werkes enthält und in dem, da die Umschlungenen ihr Ende besiegeln, alles inne hält, lautet: „Die Hoffnung fuhr wie ein Stern, der vom Himmel fällt, über, ihre Häupter weg". Sie gewahren sie freilich nicht und nicht deutlicher konnte gesagt werden, daß die letzte Hoffnung niemals dem eine ist, der sie hegt, sondern jenen allein, für die sie gehegt wird. Damit tritt denn der innerste Grund für die „Haltung des Erzählers" zutage. Er allein ist's, der im Gefühle der Hoffnung den Sinn des Geschehens erfüllen kann, ganz so wie Dante die Hoffnungslosigkeit der Liebenden in sich selber aufnimmt, Wenn er nach den Worten der Francesca da Rimini fällt „als fiele eine Leiche". Jene paradoxeste, flüchtigste Hoffnung taucht zuletzt aus dem Schein der Versöhnung, wie im Maß, da die Sonne verlischt, im Dämmer der Abendstern aufgeht, der die Nacht überdauert. Dessen Schimmer gibt freilich die Venus. Und auf solchem geringsten beruht alle Hoffnung, auch die reichste kommt nur aus ihm. So rechtfertigt am Ende die Hoffnung den Schein der Versöhnung und der Satz des Platon, widersinnig sei es, den Schein des Guten zu wollen, erleidet seine einzige Ausnahme. Denn der Schein der Versöhnung darf, ja er soll gewollt werden: er allein ist das Haus der äußersten Hoffnung. So entringt sie sich ihm zuletzt und nur wie eine zitternde Frage klingt jenes „wie schön" am Ende des Buches den Toten nach, die, wenn je, nicht in einer schönen Welt wir erwachen hoffen, sondern in einer seligen. Elpis bleibt das letzte der Urworte: der Gewißheit des Segens, den in der Novelle die Liebenden heimtragen, erwidert die Hoffnung auf Erlösung, die wir für alle Toten hegen. Sie ist das einzige Recht des Unsterblichkeitglaubens, der sich nie am eigenen Dasein entzünden darf. Doch gerade dieser Hoffnung wegen sind jene christlich-mystischen Momente fehl am Ort, die sich am Ende – ganz anders wie bei den Romantikern – aus dem Bestreben alles Mythische der Grundschicht zu veredeln, eingefunden haben. Nicht also dies nazarenische Wesen, sondern das Symbol des über die Liebenden herabfahrenden Sterns ist die gemäße Ausdrucksform dessen, was vom Mysterium im genauen Sinn dem Werke einwohnt. Das Mysterium ist im Dramatischen dasjenige Moment, in dem dieses aus dem Bereiche der ihm eigenen Sprache in einen höheren und ihr nicht erreichbaren hineinragt. Es kann daher niemals in Worten, sondern einzig und allein in der Darstellung zum Ausdruck kommen, es ist das „Dramatische" im strengsten Verstande. Ein analoges Moment der Darstellung ist in den

Wahlverwandtschaften der fallende Stern. Zu ihrer epischen Grundlage im Mythischen, ihrer lyrischen Breite in Leidenschaft und Neigung, tritt ihre dramatische Krönung im Mysterium der Hoffnung. Schließt eigentliche Mysterien die Musik, so bleibt dies freilich eine stumme Welt, aus welcher niemals ihr Erklingen steigen wird. Doch welcher ist es zugeeignet, wenn nicht dieser, der es mehr als Aussöhnung verspricht: die Erlösung. Das ist in jene „Tafel" gezeichnet, die George über Beethovens Geburtshaus in Bonn gesetzt hat:

> Eh ihr zum kampf erstarkt auf eurem sterne
> Sing ich euch streit und sieg von oberen sternen.
> Eh ihr den leib ergreift auf diesem sterne
> Erfind ich euch den traum bei ewigen sternen.

Erhabner Ironie scheint dies „Eh ihr den leib ergreift" bestimmt zu sein. Jene Liebenden ergreifen ihn nie – was tut es, wenn sie nie zum Kampf erstarkten? Nur um der Hoffnungslosen willen ist uns die Hoffnung gegeben.